UN ÚLTIMO VASO DE GIN

FACUNDO ACOSTA

Dinastía Editorial

Acosta, Facundo

Un último vaso de gin / Facundo Acosta. - 1a ed adaptada. - Ciudad Autónoma de Buenos Aires : Facundo Acosta, 2020.

152 p. ; 21 x 15 cm.

ISBN 978-987-86-3855-3

1. Narrativa Uruguaya. 2. Novelas Policiales. I. Título. CDD U863

1a edición argentina: marzo de 2020

Título: Un último vaso de gin Autor: Facundo Acosta Dinastía Editorial

UN ÚLTIMO

VASO DE GIN

I

24 de octubre, 1930.

Sintió al Diablo detrás de ella y solo pudo pensar en correr.

Las calles estaban muy dañadas, había que esquivar pozos en cada pequeño trecho y con el intenso chaparrón que se había largado, hacían de su huida un objetivo casi imposible de lograr. Ella, sin embargo, no paraba de correr.

Desesperada. Ansiosa. Temiendo a cada sombra proyectada en las paredes.

La soledad la abrumaba. Solía sentirse tranquila con las calles poco concurridas, alejada de las miradas obscenas o de las intenciones insanas.

Pero no ese momento, miraba en diferentes direcciones en busca de alguien que la pudiera socorrer. No había nadie. Como si se hubieran confabulado para abandonarla en las filosas garras de un terrible mal.

Al emprender el trayecto hacia la supervivencia, se había quitado los zapatos como pudo. Perfectos para lucir de pie, pésimos para el ejercicio involuntario.

La cartera se le había caído y sus pertenencias

se esparcieron por la solitaria calle, ni siquiera llevó la mirada hacia atrás para reparar en esta, solo podía pensar en correr y correr y correr. Pero...

¿Hacia dónde?

«La iglesia —pensó al instante, viendo la enorme cruz de madera alzándose sobre las demás edificaciones, casi tocando el cielo—. Si el demonio me busca, estaré a salvo en La Casa de Dios».

Un pensamiento que solo los más puros creyentes y los moribundos pueden tener.

El sudor, la lluvia y las lágrimas se mezclaban. La carrera agarrotaba los músculos y dificultaba la respiración, y la curiosidad era tan fuerte como la búsqueda por sobrevivir. «¿Aún me persigue?», «¿continúa detrás de mí?», «¿logré despistarlo?», eran las preguntas que se amontonaban en su mente, hostigándola. La necesidad de mirar y comprobar si todavía había alguien de quien huir, era poderosa. Tanto, que tuvo que clavar sus uñas en las palmas de sus manos para reprimir el deseo. Era preferible llegar a la iglesia con una falsa creencia de preocupación, que ni siquiera ser capaz de eso.

Las puertas de madera de La Casa de Dios eran largas y robustas. Sería más adecuado llamar con el enorme aro de metal que colgaba de esta, pero eso hubiera sido una pérdida de tiempo. Un tiempo que creía no poseer.

Recurriendo a la fuerza que sus brazos y cuerpo esquelético apenas podían proporcionarle, abrió la puerta. No del todo. Lo suficiente para ingresar, lo máximo que era capaz de hacer.

Caminaba sobre las baldosas, frías las sentían sus pies descalzos. Miraba en diferentes direcciones buscando al Predicador. Era muy tarde en la noche, no pensaba que habría alguien más ahí. Tal vez, no lo sabía muy bien. No era de esas mujeres que iba los domingos por la mañana a la misa y, para el predicador, que había aparecido a través de una puerta en uno de los costados del pequeño escenario ubicado debajo del cristo crucificado; resultó muy fácil darse cuenta qué tipo de mujer era Emily D´angelo. Sus ropas provocativas y acortadas, sus excesos de accesorios y exaltado maquillaje, ahora arruinado por el llanto y la lluvia; lo decían muy claramente.

Esa mujer era una prostituta.

El hombre lucía su camisa clerical y el alzacuello blanco en perfectas condiciones, con elegancia. Caminaba con pasos lentos, provocando que sus movimientos transmitieran serenidad y paz. Justo a lo contrario que reflejaba su rostro: una expresión de asco y rechazo al examinar la vestimenta y el estado de Emily. Resultaba irónico cómo esa persona que desaprobaba la forma en que algunas mujeres se ganaban la vida, era de los primeros en buscar esa clase de compañía nocturna. El Predicador era de esas personas que hablaban y profesaban elocuentes discursos, pero nunca los llevaban a la práctica personal.

Emily lo sabía, en más de una ocasión, ese hombre había sido otro número en la lista de los clientes de la noche.

Claro que las calles tenían el mismo lema que el confesionario de esa iglesia:

Lo revelado en ese lugar, ahí quedaba.

—¡Predicador! Predicador, por favor ayúdeme —suplicó Emily corriendo hacia el hombre y buscando cobijo en su abrazo.

—Tranquila, mi niña —respondió con voz cálida, acostumbrado a emplearla—.

Cuéntame que ocurre.

—¡El Diablo! —exclamó—. ¡El Diablo viene por mí!

La muchacha lo miró directo a los ojos y él se asustó, parecían reflejar sinceridad. Sin embargo, luego de detenerse un momento en ellos vio algo diferente. La mujer no estaba del todo en sus cabales. Tal vez alcohol o alguna droga. Lo que sea que creyó ver, no era real.

—Calmante, hija mía. Nadie viene detrás de ti —le aseguró—. Observa —le dijo, ayudándola a voltearse, los nervios la mantenían rígida, y mirar el sitio por donde había ingresado. La puerta aún seguía media abierta—. ¿Lo ves?

Emily asintió. Era verdad, no había nadie.

—Bien, ahora espera por aquí y volveré pronto con algo caliente para que bebas —dijo, llevándola hasta uno de los bancos de madera.

—Sí... Gracias... Padre —dijo con dificultad.

La boca y el cuerpo le temblaban, por el frío y la lluvia, pero sobre todo por el miedo.

—No es nada, estoy aquí para ti —afirmó con una sonrisa..., pero...

¡Ahí estaba otra vez! Esas palabras amables saliendo de una boca que solo sentía asco, junto con esa mirada, esos ojos que solo profesaban desaprobación.

Emily se concentró en el Jesús de la cruz. La energía expulsada por el Padre la confundía. Prefería no concentrarse en ella. Tal vez sí en sus palabras.

No había nadie persiguiéndola. Ese hombre que la observó por la ventana del cabaret; ese mismo parado en la acera de enfrente cuando ella salió, ocultando su rostro bajo un sombrero y dejando que la lluvia empapara su saco... No era real. Incluso sus pisadas, esos que sintió, que escuchó acelerados mientras ella apretaba el paso, no eran reales. Nada de eso existió. Solo su estrés y, por insistencia de sus clientes, el alcohol consumido en abundancia.

«No había nadie. Mi perseguidor no era real. El Diablo no existe», se decía. Y con ese pensamiento, repetido una y otra vez en su cabeza, logró calmarse.

Las piernas y manos que temblaban frenéticamente volvían poco a poco a su estado natural. Su respiración se normalizaba. Comenzó a olvidar la razón por la que estaba en esa iglesia. Al menos así fue, hasta percatarse del tiempo.

«¿Cuánto ha pasado?», se preguntó mirando por donde había partido el clérigo. «Debería haber vuelto ya», pensó con firmeza.

Dudosa, pero de igual modo armándose de valor, se levantó del banco y caminó hacia la dirección que había seguido aquel hombre enviado por Dios, según decían.

Mientras estaba cada vez más cerca a lo que parecía ser una cocina, escuchaba una caldera chillar, como si gritara: «¡Por favor, sáquenme del fuego! ¡He terminado mi labor!» Sin embargo, nadie parecía tener intención de hacerlo.

—Señor, ¿está ahí? —llamó Emily, deseando que la respuesta le impidiera seguir avanzando. Nadie contestó. Sus pies no se detuvieron. Siguieron moviéndose por una curiosidad indescifrable. Luego temerosos y apoderados por un renovado pánico, dejaron de avanzar.

El Predicador estaba inconsciente en el suelo, producto de un golpe fuerte en la cabeza.

Emily intentó gritar, pero una mano posándose en su boca, sin amabilidad o permiso, amortiguaron cualquier sonido. Casi de inmediato sintió el filo de un cuchillo que le produjo un corte casi quirúrgico en su garganta, luego la sangre saliendo del tajo recién formado, humedeciendo la piel. Después nada.

Emily murió sin ser capaz de ver a su asesino y, mucho menos, escuchar las únicas palabras que le dedicó. Frías y envueltas en una locura despiadada.

—Entregarás un mensaje para mí, mujerzuela. Ahora solo me queda escribirlo.

II

24 de octubre, 1930.

Sabía muy bien dónde guardaba el arma. Ahí, en el armario, junto a unos zapatos viejos, pero igual de relucientes a cuando los usó por primera vez. El día que enterró a su madre.

Junto al revólver también estaba su antiguo uniforme y la placa que colgó de su chaqueta durante tantos años. Había querido deshacerse de ella, de hecho, era el protocolo. Antes de abandonar el cuerpo policial, por despido o renuncia, la placa y el arma debían ser entregadas. Él fue una excepción. El comisionado así lo decidió por todo el buen trabajo y los grandes logros que, primero de azul y luego vistiendo una gabardina marrón, Víctor D´angelo había conseguido.

Lo había considerado una estupidez. ¿Para qué conservar algo que nunca iba a volver a utilizar? Estaba viejo. ¿Pensaban que saldría a luchar como lo hizo años atrás? Jamás. Imposible. Nunca volvería tocar esa arma. Nunca volvería a posar sus manos en ese instrumento encargado de arrebatar tantas vidas.

O así era, hasta esa noche. Esa noche cuando pensó en suicidarse.

Ese pensamiento, transformado en deseo, en una necesidad, le añadía un peso extra a la placa que guardaba tan celosamente junto a su uniforme. Debía partir de manera honorable o solo dejando que la muerte lo llevara cuando esta así lo decidiera. Ese acto traería deshonra y, sobre todo, olvido. La gente que leyera la noticia de su muerte, si existía alguna, no vería a un antiguo soldado de la justicia, sino a un viejo loco incapaz de resistir un minuto más la Gran Depresión que había azotado a todo el país. Un año había transcurrido del declarado jueves negro y la gente caída en la desgracia ya no resultaba noticia, ni novedad. Solo uno más. Un desempleado más, un pobre más, un muerto más.

La duda sobre lo que podría decirse después de su muerte era lo único que lo hacía distanciarse de la idea del suicidio. Además, según pensaba Víctor, morir no significaba nada, solo el legado que uno dejaba atrás. Él siempre se vio como un buen detective que, a pesar de sus errores y decisiones a veces poco ortodoxas, había brindado mucha ayuda y protección a los habitantes de esa ciudad, y no solo como detective, también como un buen vecino, hijo y hermano.

Decidió entonces, escribir una nota de suicidio.

Buscó, en el mismo armario donde guardaba su arma pero sin tomarla todavía, una pequeña libreta y un lápiz. Se acomodó en una silla, apoyando el papel en la mesa y usando una pequeña lámpara como fuente de luz. Ya listo, escribió:

A quien lea:

No quiero que piensen que actué por un arrebato de locura. Mi suicidio fue planeado y decidido a conciencia...

«No, no. Esto no está bien. Justificar mi estado mental solo lo agrava», se dijo mientras arrancaba la hoja de la libreta y la arrojaba a un costado, hecha una bola.

Volvió a empezar:

A quien lo lea:

Este acto no fue producido por mi avanzada edad. A pesar de los años que llevo encima y lo pesado que estos resultan, no han influenciado en mi decisión para quitarme la vida. Simplemente...

«Otra vez. No es correcto». Otro papel descartado. «Tal vez una carta no sea la forma adecuada —se le ocurrió, con una mano en la barbilla—. Sí, eso es. Solo debo armar el escenario perfecto para que quién me encuentre arme su propia historia. Debo pensar como lo harían los policías o detectives que me hallen y, por lo tanto, debo pensar como lo que fui alguna vez», concluyó para sus adentros.

Con un repentino entusiasmo y un poco extraño también considerando su causante, fue en busca de lo necesario para preparar la perfecta escena del crimen. Un escenario que hablaría por sí mismo. Primero apagó las luces, salvo una, creando un ambiente tenso y un poco espeluznante. La penumbra de la soledad y la muerte. Como segundo acto tomó uno de los últimos periódicos llegados a su puerta. Justo era el de ese mismo día, 24 de octubre de 1930, pero, al igual que muchos anteriores, marcaba con exactitud la situación sufrida por el país. Esa herida abierta desde hacía ya mucho tiempo, no paraba de sangrar. Los títulos eran lo suficientemente reveladores. Solo ellos podían ser la justificación de cualquier auto-eliminación:

«La Gran Depresión continua». «Cada vez son más los ciudadanos desplazados de sus hogares». «Las fábricas cierran, crece el desempleo». «Las actividades criminales aumentan. Los civiles mueren en el fuego cruzado y se preguntan: ¿dónde está la justicia?». «La Ley Seca solo ha creado problemas: afirman los manifestantes».

Las páginas de cada tema estaban esparcidas por la mesa, media arrugadas, simulando que las había leído una y otra vez, amargándose y entristeciéndose con cada lectura. Lo cual no era del todo falso.

Por último, las piezas finales del rompecabezas. El arma y la bebida.

Primero tomó su revólver, viejo y un poco oxidado pero aún funcional. Solo puso una bala en el tambor. Era la única que necesitaba y también eso tenía un propósito. Si quedaba alguna duda que ese hombre se había quitado la vida, esa única bala lo demostraba. No fue un error, todo fue premeditado. La bala en su cráneo y el arma en su mano. O caída a un costado, no sabía muy bien qué trayectoria seguiría su revólver una vez muerto.

Y la bebida, el elemento fundamental de todo ese escenario. Solo tomaría tres vasos, lo suficiente para que el alcohol hiciera efecto pero no para nublar su juicio. Esa botella de Gin significaría algo más. Un mensaje, una denuncia mejor dicho.

«Incluso quienes deben obedecer la ley, la burlan. En época de prohibición, incluso la justicia sigue emborrachándose».

Así lo había decidido, su suicidio sería una última denuncia a la corrupción y a la podredumbre que distorsionaba el corazón de los hombres. Con su muerte todavía demostraría que continuaba luchando en favor de la justicia. Aunque claro, esto no resultara más que pura prensa, una ficción bien elaborada.

Puesto que Víctor sabía de primera mano cuándo se necesitaba recurrir al llamado crimen organizado, en qué momento combatirlo o si era necesario mirar hacia un costado.

D´angelo estaba cubierto de mierda tan o peor que cualquiera en la ciudad.

Esa botella de Gin en su mesa lo demostraba. Aun así, él quería irse dejando un mensaje diferente. Su muerte debía provocar respeto y admiración, como un héroe protegiendo al débil incluso en el último momento. Él quería eso, lo deseaba con cada fibra de su cuerpo. Porque era un hipócrita. Un viejo de más de cincuenta años, y loco, aunque jamás lo admitiera.

Había finalizado la preparación de la escena, solo quedaba el acto final.

Bebió tres vasos con gin, casi de manera simultánea. Faltaba uno, el último antes de correr el telón terminando con la obra de la vida.

Cuatro vasos, un número importante. Decía mucho. Con todos ellos dejaría el aroma del alcohol impregnado en su ropa y también expulsado por la boca del cadáver en el que se convertiría. Esa cantidad lo llevaban al punto de la ebriedad, pero no de la inconsciencia. Otra vez lo dejaba claro: quitarse la vida no fue una decisión irracional.

El revólver estaba a su lado, cargado con una única bala, junto a la botella de gin. La tomó y sirvió el último vaso. Después de beber, el cañón del arma se apoyaría en su cabeza y todo llegaría a su fin.

El vaso estaba servido. Lo agarró con una mano.

Entonces… Llamaron a su puerta. La ignoró.

Temblaba.

Unas gotas de sudor se deslizaron por su frente y cayeron dentro de las paredes de cristal, sobre el líquido prohibido.

Otra vez llamaron.

Víctor no respondía. No había necesidad. Pronto moriría. Se llevó el vaso a sus labios y los golpes en la puerta se intensificaron, esta vez, acompañados de gritos.

—Vamos, D´angelo. Abre la maldita puerta —exigió una voz conocida—. Sé que estás ahí. Tu automóvil está aparcado en la entrada.

Percibía urgencia en esa voz. Era su antiguo compañero, mucho más joven que él. Por eso seguía en la policía, faltaban años para su retiro. No se llevaban muy bien, pero se alegraba que estuviera ahí. No necesitaba preocuparse para que hallaran su cadáver antes de la descomposición. Un miedo reciente que lo hostigaba. Sin embargo, este ya carecía de motivo. Marvin escucharía el disparo y entraría a la casa al instante, tirando abajo el obstáculo de madera.

Víctor aún no bebía el último vaso de gin. Los golpes en la puerta y los gritos lo desconcentraban. Para el suicidio necesitaba focalizar sus sentidos. Pero la presencia de Marvin lo distraía y, todavía más, con esas palabras:

—Es tu hermana... Tu hermana —las palabras parecían no poder salir, acobardadas—. Necesitas verlo por ti mismo —dijo al fin.

«¿En qué se metió esa muchacha ahora?», pensó con amargura, separando el vaso de sus labios.

Los golpes en la puerta continuaban.

«¿Debería responder?», se preguntó. La decisión la tomó cuando apoyó el vaso en la mesa, todavía sin haber bebido una gota de gin. Caminó a la entrada, hizo girar la lleve en la cerradura y abrió de un tirón.

—¿Qué ocurre? —quiso saber Víctor.

—¡Hombre, apestas! —exclamó Marvin—. Alégrate que haya venido yo a buscarte. Si hubiera sido otro estarías esposado y en camino a la comisaría por posesión ilegal de alcohol.

—Si vinieron a buscarme es porque necesitan algo de mí. La ley es ignorada en esos casos —dijo con sequedad.

Marvin frunció el ceño.

—Tienes razón, te necesitamos. Aunque en realidad también creímos que deberías enterarte ahora y no luego, por algún rumor de por ahí.

—¿Enterarme de qué?

—Tu hermana... La han asesinado.

—Ah.

Sintió algo romperse en su interior. Algo de lo poco que continuaba entero.

—¿Y qué quieres que haga? Ya no soy detective —repuso Víctor.

—Eso no importa. Necesitas venir, tienes que... Lo entenderás cuando lo veas—cortó Marvin.

D´angelo observó hacia detrás suyo de manera involuntaria, pensando que estaba a punto de realizar un acto importante para él. No debía ser interrumpido, o tal vez sí. Las dudas lo acosaban. Disipadas, otra vez, por las palabras de su antiguo compañero.

Marvin siguió la mirada de Víctor y notó el arma, los periódicos y la botella encima de una mesa vieja y descuidada, y dijo:

—Ven a la iglesia donde encontramos el cuerpo de tu hermana y luego decidirás qué hacer. Incluso, volver a retomar eso —dijo señalando a la mesa, con voz neutra.

D´angelo asintió, se puso su sombrero y una gabardina negra encima de su ropa desarreglada y salió de la casa, dedicándole una última mirada al escenario que tan cuidadosamente había preparado.

«La muerte tendrá que esperar por ese último vaso de gin».

III

24/25 de octubre, 1930.

El rostro de Víctor al observar el cuerpo mutilado de su hermana, Emily D´angelo, resultaba indescifrable. ¿Sentía angustia, tristeza, culpa, o tal vez un profundo deseo de venganza? Marvin no podía deducirlo. Incluso otra idea se había asomado por su mente, aunque de manera fugaz y esperando estar equivocado. Otro tipo de sentimiento pudo haberse instaurado en su antiguo compañero. Uno que procedía de su reputación, acompañado de la locura que le pudo haber provocado la vejez y el estancamiento en la inactividad: la excitación y la adrenalina de un nuevo desafío.

—¿Qué piensas? —preguntó Marvin un poco más cerca de Víctor.

Este apartó la mirada del cuerpo, dirigiéndola hacia él y luego se volteó para observar lo que había detrás. En esos pequeños y rápidos movimientos, Marvin alcanzó a ver una lágrima deslizándose por su mejilla y... algo más... ¿Una sonrisa?

—Me preguntaba por qué hay tan pocas personas aquí. La iluminación es escasa y las sirenas no suenan. ¿Cuál es el motivo de esto? —quiso saber Víctor.

«Creí que se interesaría más por la muerte de su hermana. Sigue siendo igual de insensible». Aunque tenía razón. Un asesinato de esa magnitud debía de haber juntado a la prensa en segundos, las sirenas de la policía acudiendo a la escena habría atraído a cuadras de curiosos y morbosos vecinos, incluso las alimañas de los callejones tendrían que haber llegado a esa iglesia sangrienta.

Sin embargo, Marvin lo había impedido todo. No era el detective que fue en antaño. Un nuevo puesto, un cargo elevado, cambió su vida a mejor y, además, hicieron crecer su influencia en la ciudad. Esa noche en especial se había encargado de que la noticia del asesinato llegara a pocos oídos. Algunos policías para investigar la escena del crimen, un médico forense y claro, Víctor, el hermano de la víctima, quien parecía también ser mucho más que eso para ese caso. También a alguien más. Marvin le explicó todo eso y tras haberlo puesto al día, Víctor contestó:

—Así que has decidido trasladarte detrás de un escritorio. Solías ser un hombre de acción, te gustaba recorrer las calles. ¿Qué sucedió?

—Envejecí —dijo él sin más.

—Yo también. Viejo y retirado, pero estoy aquí.

—Es diferente, tienes un motivo.

—¿Lo tengo? No creo que sea así.

—¡¿Me estás jodiendo?! —bramó Marvin—. ¡Mira lo que tienes en frente!

D´angelo lo hizo, otra vez observó ese mensaje. Estiró su mano intentando tocar esas letras marcadas en la piel de su hermana, pero detuvo el impulso.

No podía tocar esos cortes que había desgarrado la piel y la carne, pero sin sangre. El asesino la había limpiado. Solo importaban las letras, el mensaje tan elaborado y tan desprolijo a la vez. Pero claro, ¿quién podría escribir en la piel de un ser humano, arrancando pedazos de esta, con prolijidad? Las letras, esas palabras que formaban, mostraban locura, sadismo y una obsesión enfermiza.

—Lo veo, claro que lo veo —dijo Víctor, con la voz apagada—. Y no lo entiendo.

«Claro, eso es», comprendió por fin Marvin.

Víctor estaba aturdido, no aceptaba y no lograba comprender el porqué de ese acto tan cruel. ¿Qué motivo podría haber para hacerle eso a su hermana? Podría ser una forma de venganza, pero con qué propósito. Después de todo...

—Me iba a matar, Marvin —confesó el ex detective D´angelo—. ¿Qué sentido tiene hacer esto justo ahora? Iba a morir, ¿no es eso suficiente para saldar cualquier pecado o deuda que quien haya hecho esto cree que poseo?

—Porque la muerte no es suficiente. La tortura, la destrucción del alma, por otro lado, tiene un efecto diferente en quien se busca alcanzar y perturbar —aventuró una voz. No era Marvin, provenía de alguien más, se acercaba por su espalda—. Muriendo uno es liberado, el castigo solo puede ser realizado mientras la vida continúe. Aunque, aquí donde estamos, se crea lo contrario.

Víctor giró de manera brusca y se encontró con un hombre de baja estatura, una postura encorvada poco intimidatoria y un rostro joven. Vestía una gabardina beige, igual a la que él solía usar antes, unos zapatos y pantalones negros y un sombrero de ala gris. Llevaba una pequeña libreta en su mano y un lápiz en la otra. Parecía haber sacado varios apuntes. Víctor alcanzó a ver una pistolera debajo de la gabardina y un revólver escondido debajo de su sobaco. Se preguntó si el muchacho la habría usado alguna vez.

—¿Quién eres? —exigió saber.

—Me disculpo por mi intromisión —dijo el recién llegado—. Acabo de hablar con el Predicador, él encontró el cadáver. También examiné el lugar en donde fue asesinada la mujer.

—¿Quién eres? —volvió a repetir Víctor, perdiendo la paciencia.

—Él es nuestro nuevo detective. Tu reemplazo —reveló Marvin, interviniendo en la conversación—. Es Demian Miller.

—Un gusto, señor —dijo Demian, sonrojado y extendiéndole la mano. Víctor observó el gesto y bufó con desagrado.

—Has dicho que examinaste el lugar del asesinato, ¿qué quisiste decir? ¿No fue aquí?

—No, señor —respondió Demian, bajando la mano después de no ser aceptada—. Le cortaron la garganta en la cocina y luego fue arrastrada hasta este punto. No sabemos dónde se realizó el mensaje.

Víctor asintió, llevando su mirada de nuevo al cuerpo. Al igual que había hecho él cuando pretendía suicidarse, crearon un escenario. Su hermana, Emily, estaba acostada en el suelo del pequeño corredor que formaban las dos filas de bancos distanciados entre sí. Pero no en cualquier parte de este, justo en ese lugar donde, si levantabas la mirada, te encontrarías con los ojos del cristo crucificado, poniéndolo de testigo y a la vez exhibiendo la impotencia de Dios para impedir tal acto atroz. O algo más... Su permiso. Era un mensaje junto a otro. Ese al que Víctor aún no podía dejar de mirar:

Tic, tac, detective

El reloj avanza y la gente muere

¿Crees poder detenerme?

—Va dirigido hacia ti. No me cabe duda de ello —afirmó Marvin, apoyando su mano en el hombro de D´angelo.

—También lo creo y, sin embargo, no el motivo por el cual estoy aquí.

Marvin abrió la boca para responder, pero el viejo detective continuó hablando.

—Dijiste que ese muchacho es mi reemplazo y al parecer ha sabido cómo manejar la situación; hablando con el posible testigo, revisando los alrededores en busca de alguna pista y volviendo al cuerpo para un análisis final. Incluso ha determinado el lugar del asesinato, quién sabe cómo.

Marvin intentó responder, pero otra vez fue interrumpido.

—Entonces no veo razón para estar aquí —explicó—. Es mi hermana, cierto.

La quise. Pero ¿por eso debo responder ante mis impulsos? ¿Buscar venganza? ¿Con qué fin? Estoy viejo para esos ideales, he luchado mis guerras. Ahora me toca descansar —repuso y luego agregó algo más, antes de encaminarse a la entrada con la intención de macharse de esa iglesia—: Me vuelvo a casa, hay un trago esperando por mí.

Víctor dio unos pasos hacia la salida, alejándose lo más posible del cuerpo, hasta que escuchó el grito de Marvin.

—Es por temor, detective D´angelo. Tenemos miedo —confesó y eso, por algún motivo, hizo detener a su viejo amigo.

Marvin aprovechó esa pequeña vacilación para avanzar un poco más hacia Víctor.

—¿Miedo a qué? —preguntó entre dientes.

—Sospechamos que si tú no participas en la investigación, el asesino podría tomar represalias haciendo crecer de manera indiscriminada el número de muertos.

—¿Por qué? ¿Por un mensaje en una espalda? Marvin, ambos luchamos en la guerra, hemos visto cosas peores —replicó Víctor.

—Amigo, ¿en verdad has envejecido tanto que eres incapaz de verlo?

¿O solo estás negado a pensar en ello?

—¿Pensar en qué? Deja de hablar con rodeos y ve directo al grano. Estoy cansado de esta estupidez.

Marvin suspiró, decepcionado.

—Podría ser ÉL.

—No, eso es imposible —dijo con total seguridad—. Lo vimos morir. Además no... No actuaba de esta forma.

—Creímos verlo morir pero, ¿si no lo hizo? —lo cuestionó Marvin—. Es verdad, no ha dejado su marca como solía hacer, pero siempre supimos que si volvía serías el primero en su lista. Debes actuar — sentenció. Luego de una pausa, agregó—: Lo siento amigo, si debo arrojarte hacia los lobos con tal de mantener la seguridad de mi ciudad, lo haré.

—¿Tu ciudad? —dijo burlón.

Marvin no respondió y D´angelo lanzó un suspiro de derrota.

—Está bien, lo haré. Ayudaré con la investigación.

Marvin no pareció alegrarse por la noticia, simplemente la aceptó, como si hubiera estado esperando recibirla.

—No, tú te encargarás de la investigación —replicó—. Te llevarás a Demian contigo. Es listo, pero muy joven y sin ninguna clase de experiencia, más que la sacada de sus cuadernos de estudio. Quiero que la adquiera directamente de las calles, como hicimos nosotros en aquel entonces. El mundo se ha vuelto triste y gris, si él no puede lidiar con eso, no me servirá como detective.

—De acuerdo —accedió Víctor—. ¿Tú qué harás?

—Volveré a mi escritorio —admitió. Al ver la expresión de repugnancia de su escucha, añadió—: Lo siento, amigo. Si no te hubieras retirado habrías escalado posiciones al igual que yo y tal vez no estarías en esta situación.

—Envíame un archivo con todo lo que diga la forense del cuerpo...

—El cuerpo es tu hermana, Víctor. A ella, al menos, podrías tratarla con un poco respeto.

D´angelo hizo caso omiso y siguió haciendo sus peticiones:

—Quiero saber cómo fue escrito ese mensaje y si lo hizo con la misma arma que usó para cortarle la garganta. También envíame toda la evidencia que crean relevante, junto con el testimonio del Predicador.

—¿Algo más? —preguntó divertido.

—Sí. Una nueva arma y una placa. Si vuelvo, quiero hacerlo oficial.

—No —zanjó—. Te enviaré un arma, sí, pero con balas contadas. Y una placa provisional, te servirá en la investigación, nada más. Es un voto de confianza, no abuses de él.

—Está bien, mamá.

—Podrías tratar de comportarte como un hombre de tu edad.

—Está bien, mamá —repitió.

Marvin cerró los ojos y frotó el puente de la nariz. Estaba agotado y sentía que lidiaba con un niño.

«Va. No importa. Solo que haga bien su trabajo», pensó.

—Si estás pidiendo todo eso, imaginó que no te quedarás. ¿Qué harás entonces? —se interesó.

—Empezaré con la investigación y le daré un poco de esa experiencia que tanto quieres transmitirle a tu muchacho —contestó con franqueza—. Es hora de presentarlo a la familia Francesco.

IV

25 de octubre, 1930.

El reintegrado detective D´angelo iba al volante, concentrado en la carretera pero con la imagen del cuerpo mutilado de su hermana rondando en su mente. Sin dudas ella fue solo un medio para llegar hasta él, una pieza desechable para un fin mayor, como un peón sacrificado para acercarse más al jaque mate. O podría no ser solo eso. Víctor creía que su hermana también pudo ser un objetivo y no solo una herramienta. Tal vez un resentimiento hacia el propio apellido D´angelo. Descartó la idea. Parecía improbable. Cada ciertos periodos, observaba de reojo a su nuevo compañero, Demian Miller. Iba en el asiento del copiloto y con la mirada clavada en la ventanilla. Parecía nervioso o, más bien, ansioso. Cargado con la emoción propia de la juventud y del novato, aquel que todavía no se ha encontrado con los ojos oscuros de la humanidad. Víctor sentía que tenían un gran parecido, se recordaba a él mismo en sus años de oro y se veía justo como Demian: rebosante de energía y con ideas claras e innovadoras para cambiar el mundo. Siempre era así, luego te golpeaban fuerte con la realidad y todo se transformaba en aceptación y rutina.

—Creo haber escuchado mal, pero debo preguntar —Demian rompió el silencio—. ¿Iremos a ver al jefe de la familia Francesco?

—Así es —respondió Víctor—. Feliciano Francesco, el hombre que ha controlado las casas de juego y prostitución durante años. Ahora es el contrabandista más buscado por la policía local.

—Pero tú sabes dónde está y cómo encontrarlo.

—Así es.

—Sin embargo, ningún hombre de la ley lo ha enjuiciado. Nadie puede atraparlo.

—Así es.

Demian hizo rechinar los dientes, parecía enfurecerse por las respuestas vacías de su compañero. Con lo cual, D´angelo se divertía.

—¿Cómo es eso posible? —preguntó, suspirando y con desgano.

Víctor lo miró, sonrió, volvió a poner la vista en la carretera y se mantuvo en silencio. Demian no insistió, tenía su propio orgullo. El auto estuvo en movimiento durante treinta minutos más. Luego aparcó en un lugar sombrío y apagó los focos para que el vehículo fuese imposible de detectar entre el manto de oscuridad que se cernía sobre este.

—¿Qué ves? —quiso saber Víctor.

—Nada. No hay casi luces y la noche sin estrellas lo vuelve todo peor.

—Presta atención, muchacho, y dime qué ves.

Demian vaciló.

—¿No eres detective? Observa a tu alrededor y comparte la información que has conseguido.

—Solo veo gente.

—Gente haciendo qué.

—Caminan en diferentes direcciones, cada una

en su propio mundo. Tal vez se dirigen a su trabajo o a una cita, no puedo hacer más que suposiciones —concluyó Demian.

—Crear teorías es la base de todo detective, pero para desarrollarlas hay que prestar atención. Fijarse en los detalles. ¿Qué detalles notas?

Demian miraba a través del parabrisas del automóvil en silencio, concentrándose y tratando de imaginar la vida de cada individuo que transitaba esas calles. Solo pudo darse cuenta de algo.

—Algunos, mujeres y hombres, se cubren con largos sacos y gabardinas. Pero no parece ser por el frío, los noto... ¿paranoicos? — dirigió su vista a Víctor en busca de su aprobación, él asintió y entonces continuó—: Parecen preocupados de que alguien descubra lo que llevan debajo: objetos, desnudez o ropa. No solo ropa, un uniforme.

—¡Exacto, muchacho! ¡Eso es! —exclamó D´angelo en un sobresalto de emoción, que incluso a él mismo lo tomó por sorpresa—. Algunos de los que caminan en estas oscuras calles tienen miedo de que sepan en dónde trabajan —dijo Víctor, al recuperar el semblante serio—. Principalmente, los policías.

—No lo entiendo —admitió Demian.

—Tanto criminales como policías provienen del mismo sitio. Nacieron en la misma pobreza y se revolcaron con la misma inmundicia. Solo que cuando salen de sus casas, toman caminos contrarios. Es en eso en lo que se diferencian —explicó.

—Al final, eso es lo que más importa. Las decisiones tomadas nos definen, no nuestro lugar de nacimiento o nuestra economía.

—Exacto, entonces lo comprendes, ¿verdad?

—Supongo. Hablar con Feliciano, usarlo como fuente en vez de esforzarnos por meterlo tras las rejas, no nos convierte en tipos malos.

—Claro que no —afirmó—. El bien mayor tiene su costo.

—El bien mayor tiene su costo —coincidió Demian.

Víctor sonrió satisfecho. Sin embargo, al mirar a su compañero notó que su mente se había trasladado a otro sitio. Tal vez recordando algún punto de su vida en donde se vio obligado a pecar por la justicia, o por su propia supervivencia. Imposible saberlo con certeza.

—Bajemos. Será mejor caminar y no seguir con el automóvil.

—¿Es seguro?

—Muchos de aquí me conocen y también a mi viejo cacharro.

—De acuerdo —dijo Demian, llevando su mano al pestillo de la puerta. Víctor lo detuvo.

—Trata de no hablar y déjame todo a mí —ordenó y percibió resistencia en el muchacho. Terminó por asentir a regañadientes.

Caminaron por las sombrías calles con tranquilidad, como si estuvieran en su propio hogar. No mantenían la cabeza gacha, pero trataban de evitar el cruce de miradas. Camuflarse, pasando inadvertidos, era la mejor opción. Hablaban por lo bajo, teniendo conversaciones importantes y triviales. Reían cuando no había motivo para hacerlo. Feliciano tal vez los recibiría de brazos abiertos, pero él no podía responder por todos los que habitaban los alrededores de sus negocios. Debían tener cuidado y estar en guardia a todo momento.

—Aún no me has dicho lo importante —protestó Demian—. ¿Estás seguro de que te atenderá? ¿Cómo crees que sea relevante para el caso? Conocer los bajos fondos no quiere decir que sepa sobre el asesino.

—Nos conocimos de jóvenes, en la guerra. Luchamos juntos. Y al regresar tomamos destinos separados. Por un tiempo no supe nada de él. Más tarde nuestros caminos volvieron a cruzarse cuando arresté a algunos de sus hombres. Luego él se cobró su venganza.

—¿Cómo?

—Con mi hermana. Trabajaba para Feliciano Francesco. Emily D´angelo era una de sus prostitutas.

V

25 de octubre, 1930.

Feliciano Francesco bebía un caro licor, con un cigarro encendido en su mano, unas cartas de póker en la otra y una prostituta sentada en su regazo; justo cuando los dos detectives entraron a su escondido, pero bien conocido club. El pecado se encontró con la justicia en un lugar donde abundaba la prohibición. Había tantas leyes rotas en ese lugar que solo con respirar el aire que encerraba tendrías unos cuantos años de prisión. Sin embargo, la visita de los detectives ocupaba otro asunto. Feliciano lo supo al encontrarse con los ojos de su viejo amigo. Unos amargos y tristes. Se acostumbró a verlos, sabía qué significaban. Algo se perdió. Alguien murió.

Feliciano dio una palmada en el trasero a la mujer y ella, sin emitir el mínimo sonido, se levantó de la falda del jefe y se alejó. Casi enseguida fue llamada por otro hombre dentro del bar para cumplir algunas de sus... necesidades. Con un movimiento de la mano también despidió a sus compañeros de juego. Se marcharon sin hacer contacto visual con los detectives. Tal vez Feliciano estuviera protegido, pero Demian estaba haciendo cuentas mentales para futuras búsquedas e interrogatorios.

—¿Qué te trae por aquí, D´angelo? —preguntó Feliciano, en una mezcla de alegría y desprecio. Contento por ver al amigo que luchó a su lado, dolido por ver al enemigo en quien se convirtió.

¿Podía culparlo? La verdad era que no. Ambos fueron valientes y pusieron la patria en primer lugar. Salvo que uno, al regresar a ella, sintió agradecimiento con la poca recompensa que tuvo y el otro rehusaba aceptar migajas por poner su vida como escudo de los gordos y trajeados políticos, acostados en camas de oro.

—He venido por mi hermana —aclaró Víctor, secante.

Antes de responder, Feliciano observó al muchacho parado al costado del viejo detective que parecía estar analizándolo y buscando alguna clase de flaqueza, una debilidad para algún día usar en su contra. Lo sabía, pues había encontrado miradas similares.

—No está aquí y tampoco sé dónde podría estarlo. Aunque no te lo diría si lo supiera —dijo con franqueza.

—Así que no lo sabes.

—¿Saber qué?

—Mi hermana..., Emily está muerta. La mutilaron dentro de la iglesia.

La expresión de sorpresa por parte de Feliciano era sincera. Incluso se entrevió algo de furia. A pesar de todo, Don Francesco guardaba una buena relaciona con la muchacha D´angelo. Pero había algo más, un sentimiento repulsivo. El Don percibió la ira recorrer su cuerpo por sentir que violaron su negocio, tocaron y le arrebataron no a una preciada mujer, sino a su valiosa mercancía.

—¡¿Quién?! —bramó—. ¡¿Quién se atrevió a hacer algo semejante?!

—Esperaba que tú supieras eso —admitió Víctor—. Parece que no fue un homicidio al azar. De hecho, es un ataque hacia mí.

—No haría algo semejante. Nuestras deudas están saldadas y nuestros acuerdos no se han roto, soy un hombre de palabra.

—Claro que lo eres —ironizó.

—Piensa lo que quieras, pero no asesiné a tu hermana. ¿Por qué lo haría? Era una linda chica, dejaba buena pasta —garantizó Feliciano.

D´angelo no dijo nada, solo lo observó, en silencio, sin quitar la mirada de sus ojos. Sintió cómo indagaba en su interior a través de ellos y no se doblegó. Don Francesco no apartó la vista, sin embargo, no pudo ver nada. Víctor permanecía impasible. Si acaso sentía rabia, tristeza, dolor, o lo que fuese, no lo revelaba. Parecía tener los ojos de un muerto. O de alguien que desearía estarlo.

«¿Acaso su corazón sigue latiendo? —se preguntó el Don—. Parece un hombre diferente. Como aquellos desesperados por salir de las trincheras, poniendo el pecho a los proyectiles enemigos. Esos hombres que han decidido entregarse a la muerte y terminar con todo ese sufrimiento vivido».

—Te creo, Francesco —le aseguró Víctor—. Solo quiero información. Presiento que el asesino fue cuidadoso, no habia pistas en la escena del crimen y dudo que el estudio forense revele algo importante.

—Pues no sé nada.

Víctor suspiró decepcionado.

—En verdad esperaba algo más de ti, viejo amigo.

Dio media vuelta y, seguido por el muchacho, caminó hacia la salida. Oyó a Feliciano refunfuñar y justo cuando apoyaba la mano en el pestillo, escuchó que lo llamaba.

—Está bien, está bien. Si dices que fue encontrada en la iglesia, debo suponer que fue asesinada ahí mismo o muy cerca, ¿verdad?

—Sí —respondió Víctor.

—Bien, entonces puedes investigar dónde trabajaba esa noche, tal vez alguna de mis chicas sepa algo.

—¿Dónde es?

Feliciano hizo señas a uno de sus hombres para que se acercara y le dijo algo al oído, luego se marchó y volvió en poco tiempo con una hoja y un lápiz. El Don escribió algo y le entregó el papel a D´angelo.

—Esa es la dirección. Ve cuando quieras, pero hay una condición.

—¿Cuál?

—Ve solo. Este muchacho apesta demasiado a policía, no quiero que mi reputación se vea afectada.

Víctor se echó a reír ante las miradas desafiantes que ambos le lanzaron. Parecían tratar de contener las ganas de agarrarse a puñetazos.

—De acuerdo. Iré solo. Dicho esto, abandonó el club.

—¿En serio irás sin refuerzos? No me transmite nada de confianza ese sujeto —admitió Demian.

—Sí, lo haré —repuso—. Pero tú no estarás muy lejos. No soy estúpido y, bueno, digamos que la vejez te vuelve un poco más precavido.

—Me parece bien. La verdad me alegra llevar la investigación con un reconocido detective, pero no me entusiasma la idea de que me hagan a un lado —dijo con franqueza—. De hecho, si dependiera de mí no habría permitido que fueras parte de esto. Estás demasiado involucrado.

—Entiendo. Ya lo dijiste, no… Víctor calló de repente.

Habían llegado hasta el automóvil. No estaba como lo habían dejado. Estaba repleto de…

—¡Ratas! No, no. Por favor, ratas no —suplicó Víctor.

—¿Qué te ocurre? —preguntó Demian, aproximándose a su compañero. Lo veía pálido.

—Ratas, ratas, ratas —repetía una y otra vez.

El anciano se dejó caer en el suelo, abrazando las piernas y meciéndose. Sollozaba, asustado, perdido en quién sabe dónde. Demian intentó calmarlo, pero aún no era capaz de quitar la vista del automóvil. No por las ratas, que cubrían por completo su interior, mordisqueando los asientos e incluso el volante; el muchacho fijo su vista en algo más. Una simple frase escrita en el capó, con la misma letra desprolija que había en la piel de Emily.

¿Me tienes miedo, detective?

VI

25/26 de octubre, 1930

El lodo lo rodeaba. Bajo la suela de sus botas, sobre su cabeza, en su uniforme y hasta en la Thompson a la que tanto se aferraba, el arma que aún le había permitido permanecer en el mundo de los vivos. No hacía mucho tiempo que había aprendido a usarla y ya la sentía como una extremidad más de su cuerpo. Con ella quitó vidas, más de lo que fue capaz de contar, después de los primeros cincuenta hombres que vio caer ante sus ojos, comenzó a olvidar el rostro de los muertos. Todos se veían igual. Todo giraba en dos opciones. Matar o morir. La había visto transformada en una tierra desbastada, solo quedaba lodo y cadáveres con los ojos y tripas arrancadas por los carroñeros. No existía un código más que la supervivencia. Eso era la guerra. Los periódicos la llamarían la guerra del desgaste y luego, cuando por fin terminara, también recibiría el nombre de Gran Guerra; pero fue mucho más que eso. Ninguna noticia escrita o palabra dicha sería capaz de describir el horror que vivían esos hombres, bajo el sol e incluso el cielo nocturno.

Despertaban con los ruidos de las balas, otros días con los gritos de aquellos que se carbonizaban con el fuego de los lanzallamas. Caminaban y pateaban, para permitirse el paso, cadáveres que alguna vez habían reído, soñado y con quienes se sentaron para compartir la comida. Estos mismos solían ser aplastados por las ruedas de los pesados tanques y hasta por las botas de los soldados que trataban de ganar terreno. Porque solo eso importaba. El avance. Pero no la victoria. No, nada de eso tuvo importancia al final. Todos querían que terminara, ganara un bando o el otro, solo deseaban volver a casa. No había lugar para la renuncia o el hogar a la que volverían sería con puerta de barrotes. Esperando al fusilamiento. Una orden dada por quienes nunca pisaron ese lodo y nunca conocieron el corazón de los soldados que luchaban por un ideal que no conocían. Los que mandaban a matar a aquellos pobres hombres con el único pecado de querer morir junto a sus familias y no con una bala enterrada en el cráneo, en una tierra sin brillo; no sabían que eran las trincheras, ni los compañeros de cama de esa gente perdida en la desesperación. Las ratas y los piojos.

Víctor D´angelo sí conocía todo eso. Vivió con esa picazón en la cabeza que le hacía quererse arrancar el cuero cabelludo y esas alimañas que le robaban la comida, lo mordisqueaban e incluso mataron a algunos de sus colegas infectándolos con todas esas pestes que cargaban. Nadie supo jamás por qué generó un profundo terror por esos roedores. Tal vez toda esa sangre derramada, toda esa devastación y desesperación que vio en esa guerra, el estrés y angustia que le produjeron fue focalizado en un mismo punto: las ratas. Representaban el pánico, el terror y desesperanza de la guerra del desgaste. Y al verlas llenando su automóvil, Víctor se rompió y regresó a su vida en las trincheras. Estaba hecho un ovillo en la solitaria calle, con las manos a los costados de la cabeza y los ojos cerrados.

—No quiero morir, por favor. No quiero morir —decía el detective.

—Tranquilo, señor. Estoy aquí. Todo saldrá bien —decía Demian, poniéndose en cuclillas y hablándole suavemente, casi con ternura. Como haría un padre con un hijo cuando sufría por una pesadilla.

Víctor no reaccionaba. Ni siquiera parecía estar escuchando una sola palabra. Deman debía de hacer algo. Podría llamar para pedir refuerzos o una ambulancia, había una cabina telefónica no muy lejos de donde estaban... pero demorarían en llegar hasta ahí y el daño a su frágil compañero podría ser devastador. Pensó en otra alternativa. Corrió hacia una gasolinera muy cerca, estaba abierta a pesar de las altas horas de la noche. No le extrañaba, en ese barrio era probable que no se dedicara solo a negocios legítimos. No era el momento para comprobarlo. Compró un tarro con combustible y volvió con rapidez al automóvil. Arrojó el contenido dentro, humedeciendo a los roedores. Luego sacó unos fósforos del pantalón, encendió unos cuantos y los lanzó para darles vida a las llamas. En ese instante, se alegró de aún no haber sido capaz de dejar el cigarrillo, algo que hacía tiempo llevaba intentando.

Las ratas chillaban, sufrían mientras se retorcían hasta morir sofocadas por el fuego. Algo que Demian aprovechó para volver a intentar estabilizar a su compañero.

—Escúchalas, Víctor —le decía—. Están muriendo. Ya no podrán hacerte daño.

—¡No! Sé que están ahí. Las ratas no se irán. Los alemanes tampoco. Nos atacarán. Nos matarán a todos —gritaba el anciano sin ser capaz de abrir los ojos—. No quiero morir. No quiero que me maten.

—No te matarán. La guerra ha terminado.

—Te equivocas. Están ahí, dentro de mi automóvil. Los alemanes quieren matarme. Las ratas lo saben. Ellas los ayudan.

—¡Mira el automóvil, D´angelo! —exclamó—. Observa y escucha cómo el fuego elimina a tus enemigos.

Víctor calló. Ni un susurro escapaba de él. Todavía temblaba. Aún era incapaz de ponerse de pie o quitarse las manos que presionaban su cráneo. Pero luchaba, trataba de hacerle frente. Demian lo cubrió con su gabardina. No le importaba el frío. Cuidaría de su compañero.

—Lo escucho. Puedo escucharlo —dijo Víctor.

Poco a poco abrió los ojos y contempló a su viejo automóvil ardiendo. Nunca imaginó que estaría feliz de verlo destruido. Tiempo después llegó una patrulla, Demian no la había llamado pero sí algunos de los vecinos, hostigados por el escándalo. El muchacho enseñó su placa y luego de explicar la situación, llevaron a Víctor a un hospital. Se lo veía mejor, pero no recuperado por completo de la conmoción. Necesitaba descansar. Algo sugerido por Marvin, una vez enterado de la situación.

—El viejo no se encuentra en su mejor momento —le había dicho a Demian—. Lo conozco desde hace años y todo lo que ha vivido… En fin, esta noche solo ha hecho empeorar su estado emocional.

—Entiendo.

Estaban en la habitación del hospital donde descansaba D´angelo, parados uno al lado del otro. Fuera de la habitación había dos policías quietos como blandengues. Se quedarían toda la noche para custodiar a Víctor en caso de que alguien intentara algo contra su vida. Por cómo se desarrollaron los eventos, no creían que ese fuera el modus operandi del asesino. Aun así, era mejor mantenerse alerta.

—¿Consiguieron alguna pista? —preguntó.

—Sí. Feliciano Francesco nos dio una dirección y dejó en claro que solo Víctor podría ir.

—¿Crees que sea una trampa?

—Lo dudo. Ellos parecían tener... un pasado que los unía.

Marvin suspiró melancólico. Dejando escapar su mente a días pasados. Duros y tristes días.

—Lo sé, los conocí a los dos después de la guerra —admitió—. De hecho, Francesco también se unió a la policía.

—¿Qué ocurrió? —preguntó Demian con genuino interés.

—Lo traicionó —dijo apretando los puños con rabia—. Fueron muchos los policías en mirar hacia un costado cuando inició la prohibición, aceptaron sobornos e incluso cubrieron a algunos contrabandistas. Él hizo algo peor. No solo se metió en el contrabando, también en el juego y en la prostitución, mató a muchos inocentes y dicen que violó a varias muchachas que trabajan para él.

—Se convirtió en un monstruo —concluyó.

—Sí, y Víctor se derrumbó cuando lo hizo —repuso—. Su amigo, el compañero en quien más confiaba lo apuñaló por la espalda.

—Entiendo, sé de traiciones —musitó con la voz herida.

Marvin lo observó en silencio, preguntándose qué podría haberle pasado en su vida. Poco conocimiento tenía de ella. Criado en un orfanato tras el suicidio de su madre, sin haber conocido a su papá. Una familia lo adoptó, pero resultaron ser alcohólicos y golpeadores. Lo lanzaron a la calle años después. Demian tuvo que valerse de sí mismo, hasta que consiguió empleo, un techo y una meta: convertirse en oficial de alto rango en las fuerzas de la ley y, con el paso a principal detective, eso estaba cada vez más cerca. Al saber eso, resultaba comprensible por qué estaba tan empeñado en resolver ese asesinato.

—Visitaré al forense, veré qué obtuvo del cadáver —dijo Demian—. Es una lástima que el automóvil de Víctor haya quedado destruido. Pudimos haber extraído alguna pista de ese segundo mensaje.

—No te culpes, tomaste la decisión que ayudó a Víctor.

El muchacho forzó una sonrisa y se dirigió a la puerta de la habitación en silencio. Antes de marcharse, miró por encima del hombro y le preguntó a Marvin:

—¿Qué ocurrirá sí algo como lo de esta noche vuelve a suceder y no soy capaz de salvarlo?

Marvin sabía la respuesta a esa pregunta. Sin embargo, solo se encogió de hombros. Demian soltó el aire decepcionado y se marchó.

«Víctor no puede abandonar esta investigación. Aunque eso termine matándolo, no puede dejarla», se repitió Marvin en su cabeza, justo después de encontrarse devuelta en su casa, en la soledad de su despacho y leyendo aquella carta una vez más. La carta que le había enviado el asesino, una noche antes de matar a Emily D´angelo.

VII

25/26 de octubre, 1930

Don Francesco observó a su viejo amigo marcharse y, sin perder un solo minuto, se levantó de la mesa, tomó su saco colgado en el respaldo de la silla y solicitó a los gritos que le trajeran su automóvil. Nadie se movió.

—¡¿Qué mierda esperan?! —bramó Feliciano.

Un muchacho, de no más de dieciséis años, saltó del susto y corrió atropelladamente hacia la salida.

—Enseguida se lo traigo —musitó al pasar a su lado.

—Mi sombrero. ¡¿Dónde está mi sombrero?! —exigió saber, mirando hacia todos lados con ojos cargados de furia.

—Tranquilo —dijo una voz masculina a su espalda, apoyando la mano en su hombro. Feliciano reaccionó de mala manera al contacto y se apartó con nerviosismo—. Aquí tienes.

El hombre le ofreció un sombrero verde oscuro. Feliciano lo aceptó, con manos temblorosas, y forzó una sonrisa.

—Gracias, Vito.

Vito Mancini era el consigliere de Don Francesco.

A los siete años de edad fue adoptado por Feliciano. Vivía en las calles en soledad, puesto que sus padres lo habían abandonado cuando tenía tan solo cinco. Desde entonces, se crió en la familia hasta ganarse su lugar. Era querido por todos e incluso creían que era el mejor candidato para convertirse en Don, cuando el viejo muriese. Claro que eso no sería así. El mandato de la familia pasaría al hijo legítimo de Feliciano.

—¿Qué piensa hacer, Don? —preguntó Vito con profundo respeto.

—Tengo que ir al cabaret antes que llegue D´angelo —confesó—. Debo ser el primero en saber qué ocurrió con Emily. Víctor sospecha de mí, Vito. Pero tú sabes que jamás le haría daño. No sería capaz.

—Sí, Don. Sé que la amabas.

—No, no la amaba. Lo sigo haciendo —replicó—. Su hermano siempre creyó que la había llevado conmigo como un ataque contra él, pero no fue así. Quería protegerla, tenerla lo más cerca posible. Dios sabe que hice todo lo posible para asegurar su bienestar.

—Pero no pudiste protegerla —repuso.

Feliciano lo miró con sus ojos ahogados. Luego asintió.

—Es cierto, no lo hice —musitó.

—Lamento mi sinceridad, Don. Pero es necesaria. Ella está muerta, debes entenderlo para que no te consuma.

—Te has vuelto todo un erudito —dijo con una sonrisa.

—He tenido un buen padre —admitió.

Se saludaron tomándose por los antebrazos.

—Me acompañarás —preguntó Feliciano.

—Por supuesto, hasta el infierno si es necesario.

—Espero que no lleguemos tan lejos, y también no tener razón sobre el posible asesino de Emily.

Vito Mancini abrió la boca para preguntar a qué

se refería, pero justo en ese momento entró el muchacho que había ido por el uto del Don.

—Su chofer espera afuera, señor.

—Muy bien —agradeció—. Que algunos hombres vayan en otro por delante de nosotros. Es mejor siempre ser precavidos. Desde la crisis y con las nuevas marchas por el levantamiento de la prohibición, las bandas han estado un poco tensas.

Feliciano y Vito se sentaron en los asientos traseros y continuaron con la conversación.

—Por lo que dijiste antes... ¿Crees saber quién asesinó a Emily? El Don suspiró.

—Sí. Solo se me ocurre pensar en alguien, pero no puedo decírtelo. Lo siento, Vito.

Su consigliere, por más curiosidad que sintiera, jamás sería capaz de exigirle darle datos que su jefe no quería proporcionar. Aun así, la expresión de decepción en su rostro no podía ser ocultada. Le dijo algo más, para evitar el desánimo de su preciado aliado.

—Es una promesa que le hice a Víctor —reveló—. Junto con él y Marvin, cuando yo solía ser policía, estuvimos a la pista de un asesino que creaba acertijos a partir de sus víctimas. Mataba para disfrutar de un desafío. Y cuando supimos de quién se trataba... —Feliciano calló unos segundos—. En fin, decidimos que mantenerlo en secreto era la mejor opción. Hicimos lo posible para deshacernos de él y creía que lo habíamos hecho...

—¿Piensas que ha vuelto? —lo interrumpió.

—Estoy seguro de ello —afirmó—. Aunque espero estar equivocado.

—Hay algo que no entendí de tu relato —admitió Vito.

—¿Qué?

—Por tus palabras pareciera que nunca supieron si eliminaron a ese sujeto o no, ¿cómo es eso posible?

Feliciano negó con la cabeza, no podía contarlo y pretendía darle una excusa para apaciguar la curiosidad de su consigliere. Sin embargo, en cuanto abrió la boca sintió un impacto en la puerta de su automóvil. La chapa se hundió, los cristales se rompieron, las ruedas oscilaron sobre el asfalto, el chofer no pudo mantener el control del vehículo. Dio vueltas en el aire, nada impidió que el cuerpo de los pasajeros chocara contra el interior del automóvil. Ninguno fue despedido hacia fuera de este, pero el golpe producido entre el volante y el cráneo del conductor fue suficiente para matarlo.

Vito y Feliciano estaban magullados, tenían heridas, unas peores que otras. Lo único bueno fue que el auto quedó sobre sus cuatro ruedas, o lo que quedaba de estas. Se sacaron el cinto y salieron arrastrándose. Al tiempo suficiente para ver a sus hombres detenerse delante de ellos y, casi enseguida, ser baleados por otros que salían de un negocio.

—Son los hombres del Irlandés —dijo con seguridad el Don, recostado contra el automóvil, intentando apartarse de la vista de los agresores.

Feliciano se inclinó un poco hacia un costado para observar el ataque contra sus hombres y vio cómo uno de ellos había logrado escapar de la emboscada, con una pistola en la mano. Disparó varias veces y mató a uno de los irlandeses con tres balas en el pecho. Pero eso no lo salvó. Solo hizo que su muerte fuera aún peor. Le dispararon al hombre de Don Francesco en las piernas, obligándolo a caer y soltar el arma. Los enemigos se acercaron juntos hasta él, sacaron unos cuchillos y lo apuñalaron una y otra vez. En el rostro, en los brazos, el tórax. Ni siquiera importaba matarlo. Lo habían hecho con las primeras cortadas. No querían parar hasta destrozarlo. El cadáver que dejaron atrás ni siquiera parecería humano.

—¿Qué hacen aquí? —preguntó Vito alarmado—. Creí que tenían un arreglo.

—Sí, y parece que se ha roto —respondió Feliciano con pesar.

—Pero, ¿por qué...?

—Eso no importa ahora —lo interrumpió—. ¡Escucha, Vito! — exclamó, pero su consigliere no parecía estar ahí. Estaba en shock. Tuvo que sacudirlo y gritarle para que lo mirara.

—¿Qué... qué pasa? —dijo de manera pausada.

—Debes irte. Huye lo más rápido que puedas y cuéntale todo a la familia —ordenó.

—No. No puedo abandonarte aquí, Don. Debemos...

Quedó callado al observar detenidamente. Feliciano tenía un trozo de metal, de alguna parte del automóvil, clavado en el abdomen. Y también unos vidrios en el cuello. Cualquiera de las heridas serían mortales. Don Francesco no pasaría de esa noche. Vito Mancini lloró.

—Siempre te quise como un padre. Siempre estuviste ahí para mí. No creo poder seguir si tú no estás para guiarme —admitió entre sollozos.

Se escuchaba el sonido de los zapatos golpear el asfalto. Pasos. Los irlandeses se acercaban. No tenían mucho tiempo. Feliciano también quería llorar y despedirse apropiadamente, pero no podía. Solo sonrió y dijo: Vete y vive. Cuéntale todo a mi hijo.

El consigliere asintió a regañadientes. Feliciano se inclinó lo más que pudo contra el automóvil, sacó su arma de la pistolera y comenzó a disparar a los hombres que pronto lo matarían. No pensaba derribar a ninguno, solo distraerlos para que Vito, casi gateando, pudiera escapar, adentrándose en un oscuro callejón. El plan funcionó, pues los irlandeses necesitaron ponerse a cubierto para evitar ser heridos. Sin embargo, no duró lo suficiente. Alguien se acercó por su espalda y le disparó en la mano. Aullando de dolor, el Don soltó su arma.

—Vayan tras él —ordenó el recién llegado.

Feliciano conocía esa voz. No escuchó respuesta del enemigo, solo sus pasos alejándose a la caza de Mancini. Don Francesco permaneció tendido sobre la calle. No podía moverse. El hombre lo pateó con suavidad para dejarlo boca arriba y mirarlo a los ojos. Lo trató como lo haría a un perro callejero atropellado en la carretera.

—Eres tú. Siempre has sido tú —farfulló Feliciano.

—Claro que sí. ¿Quién más? —dijo el hombre—. Intentaron deshacerse de mí, pero fallaron. Solo quedé encerrado por un tiempo y ahora volví para matarlos a todos ustedes de una vez.

—Estás enfermo —masculló.

—Eso dicen —replicó—. Solo tratan de suprimirme. Pero cuando ustedes mueran, nada evitará que me quede aquí por siempre.

Feliciano Francesco rompió a llorar. El hombre duro y temido también podía tornarse frágil. Algo… alguien lo causaba.

—¿Por qué a ella? ¿Por qué tuviste que matar a Emily?

—¿Emily? No la maté —afirmó.

Hubo silencio. Feliciano miró directo a esos ojos fríos y oscuros y, a través de ellos, vio su alma. Torcida por la locura y el deseo de la sangre, el amor por la muerte. Y también observó verdad. Ese hombre, el enemigo contra el cual Víctor, Marvin y él mismo habían luchado durante años, no había matado a Emily D´angelo.

Entonces, ¿quién? No obtendría respuesta, pues, en medio del nocturno silencio, un chasquido se escuchó. El sonido inconfundible de un revólver siendo martillado, luego el dedo, acariciando el gatillo con suavidad, liberó la bala que cortaría el aire y la vida de Don Feliciano Francesco.

VIII

27/29 de octubre, 1930

Víctor escapó por la ventana del hospital. Estaba en una habitación de la planta baja, por lo que no sufrió ningún daño al saltar. En medio de la noche, no fue difícil eludir a los que aún seguían de turno y al sereno apostado en una cabina. Necesitaba salir de ahí y continuar con la investigación. Sus miedos no podían ser un impedimento y distanciarlo del trabajo. Sabía que Marvin lo dejaría seguir en el caso ya que él mismo había insistido en su participación. Pero le pediría que descansara unas noches y no podía permitir atrasase. Las compañeras de Emily hablarían mientras más rápido se las confrontara. Después, el temor y algún pago por su silencio las callarían para siempre. D´angelo lo sabía, siempre había sido así. Sin embargo, algo extraño había ocurrido.

La medicación administrada para llevarlo a un estado de tranquilidad debía de haber sido muy potente. Tuvo pequeños huecos en su memoria. Recordaba escapar del hospital, pero no el camino. De un momento a otro, se hallaba en el cabaret de Don Francesco: El Pozo de los Deseos; sin saber cómo había llegado hasta ahí y por qué las suelas de sus zapatos parecían haber pisado algo pegajoso. Lodo, quizás.

Le restó importancia. No necesitaba saber cómo. Lo hizo y ese era el objetivo.

Situado a unos centímetros de la puerta, examinó el lugar. Más allá del nombre, escrito con un color rojo y una letra torcida sobre un cartel de chapa negra; nada resaltaba. Se veía una casa ordinaria, con paredes de ladrillos y una puerta de madera. Aun así, se solía escuchar música saliendo. Animada, pero sobretodo... seductora. Te invitaba a entrar y también, según imaginaba Víctor, te ayudaba a ambientarte con rapidez.

El viejo detective jamás se sintió atraído por esa clase de entretenimiento, nunca fue un romántico y una persona sexualmente activa. Solo una vez creyó haberse enamorado. Conoció a una chica en 1903, ambos tenían poco más de veinte años. Se divirtieron mucho juntos, se besaron, se acostaron, pero nunca llegaron a casarse. Víctor había conseguido un puesto de trabajo en otra ciudad y no dudó en aceptarlo. La vida era difícil y necesitaba el empleo para sobrevivir, aunque implicara abandonar a quien tanto quería. No podía llevarla. Ella sufrió por el abandono y nunca lo perdonó, incluso después de que D´angelo le prometiera volver y llevarla con él. No pudo ser capaz de mantener esa promesa. Poco después de su partida, se enteró a través de amigos de la ciudad que ella había muerto en un accidente de tránsito. Iba muy ebria, igual que su acompañante. Uno que la ayudaría a olvidarlo. Hizo más que eso. Si el estado de ella era malo, el de ese sujeto era mucho peor. Los condenó a ambos. Víctor siempre se preguntó qué hubiera pasado si se quedaba. Estaban mal, económicamente hablando, pero tal vez podrían haber tenido una buena vida.

Tal vez nunca habría ido a la guerra, ni se hubiera convertido en detective, ni estaría golpeando la puerta de un cabaret para preguntar acerca de su hermana asesinada y mutilada.

Nadie le abrió. Probó de nuevo, pero no hubo respuesta.

Por instinto llevó la mano a la funda de su pistola, pero no estaba ahí. Recordó que al escapar del hospital apenas pudo recoger su ropa, no tenía ningún arma encima. Si eso era una trampa, no tenía forma de protegerse.

Entró.

Las luces estaban apagadas. Escuchaba el sonido del viento golpeando una madera contra la pared. Quizás, una ventana que quedó abierta. El silbido de la ventisca era el único ruido que oía. Resultaba extraño. No debería ser así.

«Algo malo ocurrió —imaginó—. Tal vez...». Acalló sus pensamientos. Había escuchado pasos.

Miró hacia atrás. La puerta estaba abierta. ¿La había dejado así él o la cerró al entrar? No lo recordaba.

«Odio ser viejo», maldijo para sus adentros. Regresó para inspeccionar la puerta y comprobar si eran imaginaciones suyas o no. Sintió la presencia de alguien más observándolo. Lo seguía. Pretendió no darse cuenta. Debía esperar el momento preciso.

«Vamos. Acércate, escoria. Acércate».

Intentó observar a su acechador por encima del hombro, apenas pudo ver una silueta. Sí que sostenía algo en sus manos. Esperó un poco más.

«Paciencia», se decía. «Controla la respiración».

«Paciencia».

Hizo ademán de salir corriendo hacia delante pero, en su lugar, giró sobre sus talones, se movió a un costado y, con el puño en alto, lanzó un golpe hacia donde, creía, estaba el enemigo. No sé equivocó y acertó justo en el rostro. Sin embargo, sí se había equivocado en todo lo demás.

—¡Ay! —gimió la mujer, perdiendo el equilibrio y cayendo al suelo. Se llevó una mano al rostro. Comenzaba a formarse un cardenal.

—¿Quién eres? —exigió saber Víctor.

No necesitó una respuesta. Al ver su ropa y el aspecto de la mujer, lo supo al instante.

—¿Trabajas aquí? ¿Para Feliciano? La mujer asintió.

—Por favor, no me haga daño —suplicó.

—Tranquila, no haré nada de eso —le aseguró—. ¿Cómo te llamas?

—Claudia.

Víctor alzó una ceja. Dudaba que ese fuera su verdadero nombre.

¿Recordaría cuál era? La mayoría de las chicas que trabajaban en esos lugares eran abandonadas desde muy pequeñas, habían perdido a sus padres o eran muy pobres para mantenerse a ellas mismas y a sus familias. La prostitución era su única alternativa para alcanzar la supervivencia y asumir una nueva identidad era parte de ello. Una que, a veces, se terminaba transformado en la principal.

El detective D´angelo en varias ocasiones se preguntó si en verdad ese camino era algún tipo de salvación. ¿En verdad morir era peor que convertirse en el juguete y objeto de abuso de los hombres forrados? Cualquiera con los bolsillos llenos podía disponer del servicio que esas chicas ofrecían y, al final, ser tratadas con maltrato, como una simple herramienta de satisfacción sexual.

¿En verdad eso era vivir? ¿O simplemente una probada del infierno?

—Soy el detective Víctor D´angelo. Sé que no es mucho, pero me disculpo por el golpe —dijo, tendiéndole la mano.

Claudia la sostuvo y se ayudó de ella para levantarse.

—No hay de qué preocuparse. Creí que eras un intruso, ¿sabes? — dejó de hablar por unos segundos, lo examinaba—. ¿Acaso eres...?

—¿El hermano de Emily? —la interrumpió al ver que no daba con las palabras.

Ella asintió con la vista clavada en el suelo.

—Sí, lo soy. ¿La conocías?

Víctor se alegró por ese encuentro inesperado. Tal vez pudiera hallar alguna respuesta con esa muchacha charlando de manera más informal, como un amigo y no tanto como un oficial de la ley. No tendría nada que temer, pues no estaría confesando nada a la policía. Solo hablando de la muerte desafortunada de una compañera suya.

«Ojalá hayan sido grandes amigas, así será más fácil sacarle información», pensó y, al mismo tiempo, se disgustó consigo mismo por su forma de actuar.

Mierda, estaba hablando de su hermana y no la distinguía como a un muerto cualquiera. Sin ella no le quedaba familia y, sin embargo, parecía no importarle. Solo era un caso más.

«¿Desde cuándo me he vuelto tan frío», se preguntó con amargura.

—Sí, ella y yo...

—Lo entiendo —cortó Víctor—. ¿Tenían otro tipo de relación?

¿Amigas a lo mejor?

—Algo así. Quiero decir, en un lugar como este todas las chicas aprendemos a cuidarnos entre nosotras. No pudimos... Debimos haberla acompañado esa noche, pero... no creíamos que era un asesino... no lo imaginábamos. Lo siento tanto.

Claudia echó a llorar.

—Tranquila, niña —dijo alcanzándole un pañuelo que llevaba en sus bolsillos.

Algo que había aprendido con su experiencia como policía, era que siempre alguien derramaba lágrimas—. ¿A qué te refieres con que no creían que era un asesino? ¿Sabes quién lo hizo?

—No, no lo sé. Quiero decir, no pude verlo bien —aseguró Claudia, temiendo que desconfiara de ella—. Esa noche, cuando murió, había un hombre frente al cabaret. Justo sobre esa columna —dijo señalando la acera de enfrente, a través de la ventana—. Parecía estar esperando a alguien o espiándonos. Pero no le dimos mucha importancia, quiero decir, hay mucha gente rara por estos lugares. ¿Me entiendes? Además, uno de los guardias lo sacó a patadas, diciendo que si no consumía nada, no podía estar ahí como algún tipo de depravado.

—Entonces ¿por qué sospechas de ese sujeto?

—Es mucha casualidad, ¿sabes? Justo hay un tipo espiando y al poco tiempo matan a Emily. No lo sé, me huele raro.

Víctor sonrió.

—Eres una chica muy perspicaz —admitió—. ¿Cómo terminaste en un lugar como este?

—La moneda no crece de un árbol, ¿sabes? —repuso—. Antes solía trabajar en una importante empresa como secretaria, pero cerró por la crisis. No encontré nada más que esto.

—Lo lamento —dijo Víctor, unas palabras que las sintió agrias cuando salieron de su boca. Eran de poca utilidad. Volvió al tema que le competía, pues esa nueva charla no le llevaría a ningún lado—. ¿Dónde están todas? Dices que se protegen unas a otras, pero estás aquí sola, sin ninguna protección.

—¡Oh! No estoy sola. Hay un coche esperando para llevarnos a mí y las otras chicas a casa. Esta noche no abriremos.

—¿Por qué?

—Me esperan porque me olvidé de mi abrigo y tuve que volver a buscarlo. Puedo ser muy distraída a veces, ¿sabes?

—No, eso no —masculló el detective, frotándose el puente de la nariz—. ¿Por qué no abrirán esta noche?

—Estás de broma —soltó Claudia.

—No, créeme que no lo estoy —afirmó con amargura.

—Me sorprende que no lo sepas de verdad —admitió, sorprendida—. Pues... —calló de repente. La mujer vio por la ventana a un hombre acercarse hacia el cabaret—. ¡Mierda! ¡Vienen a buscarme! He perdido mucho tiempo hablando contigo. Si me ven con un policía tendré graves problemas, ¿sabes? Mejor vete por la puerta trasera, al final de este pasillo.

Claudia le dio unas rápidas instrucciones sobre cómo salir del lugar sin ser visto y se marchó. Dejándolo con más preguntas que respuestas.

—Lo siento, no lo encontraba por ningún lado —la escuchó decir, antes de irse.

A veces terminamos en lugares que nunca imaginamos, por necesidad de dinero, comida o incluso por el abandono de alguien que creíamos que nos protegería siempre. Tal vez por algo de eso había terminado su hermana convertida en prostituta. Si él hubiera estado más para ella, todo pudo haber sido diferente. Pero no ocurrió así.

Y ahora Emily estaba muerta y él no sabía cómo podría encontrar a su asesino.

IX

30 de octubre, 1930

La penumbra creaba el ambiente perfecto para leer esa carta otra vez.

¿Qué tanto lo había hecho ya? ¿Cuántas veces se sentó en una silla, rodeado de oscuridad, con un vaso de whisky en la mano y mirando fijamente el teléfono? Esperaba esa llamada. Se aferraba a eso. Levantar el auricular y del otro lado escuchar esas dos simples palabras, pero que tanto le hacían falta:

«Estamos bien».

Sin embargo, nunca lo haría. No hasta cumplir con la orden dictada en ese papel. Creía que, por la última noticia recibida, ya lo había conseguido. Pero estas no decían nada sobre D´angelo y lo necesitaba. Él era la clave para recuperar a su familia. Bebió hasta dejar el vaso vacío y se sirvió otro. Sonrió.

«Pensar que juzgué a Víctor por beber a pesar de la prohibición y también lo he estado haciendo. ¡Qué hipócrita soy!», se dijo.

Cuando recibió esa carta, algo en Marvin se rompió. Eso lo llevó a tomar una decisión que lo deshumanizó, enviando su alma hacia las perversas tinieblas. ¿Su familia lo querría si supiera que sacrificó vidas inocentes para preservarla a salvo? Una vez más, otro vaso quedó vacío. No se volvió a servir, bebió directo de la botella. Estaba llena al tomarla del estante, ahora no contenía ni la mitad del amargo whisky.

Tanto como ese trozo de papel repleto de palabras filosas y envenenadas. Se levantó de su escritorio y, caminando a tropezones, se acercó a la biblioteca de su estudio. No era muy grande, ni poseía una variada cantidad de títulos. Nunca fue un erudito. De hecho, la mayoría de los libros ni siquiera eran suyos, sino de su mujer, dotada con la capacidad de la lectura, algo que no muchas poseían. Ella siempre tuvo eso. Él siempre la tuvo a ella. Ya ninguno tenía nada.

Marvin agarró una biblia, probablemente el libro con menos polvo de toda la estantería. Todas las noches se hacía con ella. No para leerla, claro. No podía. La biblia no poseía texto, era hueca por dentro y escondía posesiones de gran valor: un revólver pequeño. Un rosario de madera. Una carta de palabras con intenciones de sangre. Quiso volver a su asiento, detrás del escritorio. No pudo. Se cayó en medio de la habitación, mareado por el alcohol. Vomitó en el piso y sobre su ropa. Tosió y se limpió la bilis con la manga de su camisa blanca. Luego desistió de intentar ponerse de pie, después de fallar dos veces. Se sentó cruzando los pies, como lo haría un infante.

Leyó:

Detective Marvin Grind, Emily D´angelo morirá *en una semana. El cuerpo podrás hallarlo en la igle- sia de la ciudad, el veinticuatro de octubre, justo un año después de nuestro devastador jueves negro. Imagino que estarás preguntándote por qué te es-*

toy revelando esto, pues es sencillo. Necesito que su hermano Víctor se haga cargo del caso. Esto es por un asunto sin resolver entre nosotros, comprenderá que no entraré en detalles. También necesito que regrese el asesino que años atrás desapareció misteriosamente. Así que esta carta la responderás con la siguiente información: ¿Cuál es el mayor temor de Víctor D´angelo? La dirección se encuentra al dorso.

Por supuesto, nada podrás hacer para evitar la muerte de Emily. Tengo a tu familia, Marvin. ¿Recuerdas hoy llegar a casa y que no se encuentren?

Pensaste que habrían ido a algún paseo por el parque o a visitar a la abuela de tus hijos. Pensaste que volverían. Pero no lo harán. No hasta que cumplas mis demandas y Víctor esté acabado.

Marvin recordó que luego de haber llegado a esa parte de la carta, se levantó con brusquedad de la silla y, respirando con dificultad y preso de un pánico atroz, corrió hacia el teléfono. No podía encontrarlo. Leer esas palabras había creado un vacío en su memoria. Apenas podía orientarse en su propia casa, la misma en la que había vivido por más de veinte años. Cuando dio con el aparato tenía las manos sudorosas y los ojos ahogados.

Nunca se sintió tan desesperado por la tardanza de comunicarse con la operadora y pedir redirigir la llamada. Daba continuos y rápidos golpes con el pie en el suelo y se pasaba el auricular de una oreja a la otra. La ansiedad lo estaba matando. Llamó a varios lugares donde podrían estar su esposa e hijos, pero las respuestas siempre eran muy similares: «No están aquí, Marvin», «No los veo hace días», «Pasaron ayer, pero no hoy. ¿Pasó algo?».

Todo era verdad. Habían secuestrado a su familia.

De nuevo en el escritorio, continuó leyendo la carta. No lo hizo enseguida. Fue necesario secarse los ojos, varias veces, con la manga limpia de su camisa. La canilla del llanto no tenía intención de cerrar.

Recuerda presentarte ese día en la iglesia. Debes evitar que la prensa se involucre. Puedes ayudar a Víctor en el caso, pero sé prudente, no digas nada de esta carta. Recuerda que cualquier paso en falso podría significar el fin para tu familia. Si yo desaparezco, nunca la hallarás.
Sé lo que debes estar pensando ahora: «¿Cómo haré que Víctor participe?».

El emisario tenía razón, había pasado esa pregunta por su cabeza, justo en ese preciso instante. Le asustaba saber que alguien podía leerlo tan fácil sin ni siquiera estar presente en la misma habitación.

Pues no debes preocuparte por eso. El cuerpo de Emily dará un mensaje que no dará lugar a especulaciones o malinterpretaciones. Intenta dejar a la prensa lo más lejos posible, no quiero esas malditas moscas rondando sobre mi comida. Víctor y el otro serán solo míos.

Te saluda, El Cobrador de Deudas.

Durante minutos dio vueltas en el interior de su casa, intentando ordenar la tormenta de pensamientos que lo azotaron. Esos minutos se transformaron en horas, provocando que Marvin bebiera más y más, hasta que apenas podía mantenerse de pie. Su estado era deplorable. Terminó desmayándose en unos escalones de la escalara que daba a su habitación, y allí pasó la noche. Despertó a la mañana siguiente con una resaca taladrando su cabeza y supo exactamente que debía hacer. Tomó la máquina de escribir y, con los dedos sudorosos, tecleó:

No firmó la carta, ni añadió el nombre de su destinatario. Solo se aseguró de enviarla, esa misma mañana, a la dirección que le ordenó el secuestrador. Estaba seguro que nadie más la recibiría. Marvin sabía muy bien que había cometido un pecado y una traición terrible e imperdonable. Para con su viejo amigo, sus compañeros y con él mismo. Y de igual modo, si pudiera volver el tiempo atrás, tomaría exactamente la misma decisión.

Una semana después de haber recibido aquella maldita carta, tal como el Cobrador había prometido, Emily D'angelo murió. Unos días después, Feliciano Francesco fue asesinado y con su muerte, trajo a la vida aquel asesino que durante años él, Marvin y el propio detective habían tratado de hacer desaparecer. Solo quedaba esperar a que Víctor cayera en manos del Cobrador.

Luego, por fin podría recuperar a su familia. Nada más importaba.

Horas más tarde, Marvin volvía a su oficina y, con tan solo poner un pie en ella, lo abordaron con nuevas noticias.

—Hemos encontrado al detective D'angelo, señor —le informó un policía novato, recién salido de la academia y debiendo enfrentar uno de los casos más caóticos con los que había lidiado esa ciudad—. Lo sorprendieron entrando por la ventana de su habitación en el hospital. Lucía un poco sucio, pero parecía encontrarse bien. Sin embargo...

El muchacho calló, frotándose las manos con nerviosismo y mirándose los pies. Como si no estuviera seguro de decir lo que pensaba, tal vez creyendo que lo tratarían de estúpido.

—¿Qué ocurre? —insistió Marvin, aunque creía

saber la respuesta.

—Estaba, no sé... raro. No quiero que piense que estoy loco, pero creo que no sabe que estuvo desaparecido por un poco más de dos días. Estoy seguro que piensa que se ha fugado solo unas horas por la noche.

Marvin asintió.

—Puede retirarse, oficial.

—¿Dije algo malo, señor? Si es así, lo siento. Solo fue una opinión.

—Nada malo, pero retírese. Lo llamaré si lo necesitó —dijo cortante. El muchacho no siguió insistiendo, supo que podría jugarle en contra.

Simplemente murmuró un: «a las órdenes» y se marchó de la oficina.

Marvin, una vez solo, encendió un cigarrillo, se puso de pie y se giró para contemplar la ciudad a través de una ventana.

«Parece que llegó la hora de decirle a Víctor que ÉL ha regresado. Veamos como asimila la noticia —se dijo para sus adentros—. Primero su hermana muerta, ahora ÉL mata a Feliciano y cómo olvidar lo que he hecho, su mejor amigo lo traiciona. Se acercan tiempos oscuros, detective D´angelo. En verdad parece que estamos en vísperas de Halloween».

X

26/27 de Octubre, 1930

Vito Mancini corrió sin mirar atrás, tratando de escapar de esa emboscada. Nunca fue un hombre que huyera del peligro. Desde niño siempre supo que solo haciéndole frente a los problemas podría superarlos. Esa vez, sin embargo, debía correr. Fue la orden dada por el Don, por su padre, con su último aliento. Estaba desarmado. Había descargado su arma mientras huía y no tenía la forma de cargarla, toda la munición se había perdido en el ataque. Su mayor defensa se convirtió en un fierro pesado e inútil. Pero todavía pudo sacarle provecho. Después de adentrarse en un oscuro callejón, al notar que les había sacado distancia a sus perseguidores, arrojó la pistola por el camino contrario por el que corría. Si funcionaba su plan, los enemigos seguirían por ahí. Funcionó a medias. La mitad se tragó el anzuelo y los otros siguieron tras él. Habrían pensado que dividirse era la mejor opción. Escuchó un disparo y, por instinto, se refugió detrás de una pared. Habían disparado al aire, todavía no lo hallaban, solo querían asustarlo y lograr que se detuviera. Lo habían conseguido.

«Mierda», maldijo para sus adentros.

Salió rápido de la cobertura cuando se dio cuenta de la estrategia enemiga, pero era muy tarde. Los irlandeses lo encontraron.

—¡Lo veo! ¡Está allí! —gritó uno, con ese acento que Vito detestaba.

Abrieron fuego contra él. Se lanzó al suelo, rodó y trató de ponerse de pie rápidamente para esquivar los proyectiles. Escuchó cómo estos impactaban contra los ladrillos de la pared haciéndolos añicos.

—No dejen escapar a ese hijo de puta —bramó el mismo irlandés que lo había encontrado antes, tomando la delantera—. Seguro lo vio, no podemos dejar que lo cuente al hijo de Francesco. Debe morir aquí.

Vito Mancini ni siquiera giró para mirar a sus perseguidores, pero estaba seguro que habían asentido a la orden. Entendía la preocupación de sus enemigos. Ellos tenían razón. Pudo ver quién había matado a Feliciano y no podía creerlo. Sabía que sus ojos no lo habían engañado, aunque así lo hubiese preferido. El peligro iba en aumento. En especial cuando aquellos que habían caído en la trampa del arma se volvieron a unir al otro grupo, después de haber seguido otro camino. También lo hicieron las esperanzas de sobrevivir. A unas pocas calles se encontraba una de las tapaderas de la familia Francesco, un viejo lavadero de automóviles. Si fuera de día ya habría logrado escapar de sus rastreadores, pues varios hombres estarían trabajando al aire libre, la mayoría de ellos siempre llevaban un arma en el pantalón, pero era casi la una de la mañana, probablemente solo estaría el guardia nocturno durmiendo en la caseta y algunos otros dentro del lugar, contando dinero, bebiendo y apostando. ¡Mierda! Nunca había sentido tanta furia por el descuido de esos hombres como en ese momento. Siempre le aconsejo a Feliciano ser más riguroso con los miembros de su familia y él siempre le restó importancia, ahora lo lamentaba.

Estaba cerca. Debía hacer algo para salvarse. Un pequeño sacrificio. Dejó de correr. Dio media vuelta y le gritó a sus perseguidores:

—¡Estoy aquí, malditos irlandeses hijos de puta!

Los enemigos estaban muy próximos y no dudaron ni un segundo en apretar el gatillo. Vito rodó por el suelo para cubrirse detrás del auto que ahí había aparcado, rezando para que su plan funcionara. Tal y como tenía previsto, hubo un sacrificio. Dos balas lo alcanzaron. Una rozó su hombro provocando una herida superficial, pero la otra le dio en la pierna. No volvería a correr por un largo periodo. Ni siquiera creyó que podría ponerse otra vez de pie, al menos no sin ayuda. Quedaban dos alternativas: lograban rescatarlo o lo mataban. Para su suerte, ocurrió lo primero. Más allá de lo que Vito Mancini pensara de la mayoría de los miembros de la familia Francesco, debía alabarles la gran habilidad que poseían para reconocer el ruido que producía un arma de fuego al ser disparada.

Los dos hombres que estaban en el lavadero y aquel que dormía en la caseta del exterior, se reincorporaron con rapidez al escuchar la balacera. Abandonaron su comodidad, tomaron cada uno un subfusil Thompson y salieron para enfrentar a quienes se atrevían a meterse en territorio de Don Francesco, creían que esa era la razón del alboroto. Sin embargo, cuando vieron a Vito, consigliere del Don, herido y siendo atacado, sus preocupaciones se elevaron aún más.

Los tres hombres descargaron sus ametralladoras sin importarle quién se cruzara en el camino. No había civiles en la calle, pues era muy tarde y los que podrían estar en la zona fueron ahuyentados con los primeros disparos. Sin embargo, automóviles, negocios e incluso las fachadas de algunos edificios no corrieron tanta suerte. Dos enemigos cayeron al instante. Uno con tantos agujeros que parecía un colador y otro con un tiro limpió en la cabeza. Claro que su cadáver, mientras se desplomaba contra el asfalto, fue alcanzado por algunas balas más. Luego un tercero murió.

—¡Es suficiente! —exclamó uno de los irlandeses al resto de sus compañeros—. Hemos perdido y la pasma se acerca. No nos sirve de nada seguir aquí.

Tenía razón. Aunque todavía lejos, se escuchaba el sonido de una sirena dirigiéndose al lugar. Seguramente como producto de las denuncias vecinales.

Los tres hombres se acercaron a Vito.

—Ayúdenme a caminar —pidió.

—Sí, señor —dijo uno de ellos.

Entre dos lo ayudaron a moverse, conduciéndolo hacia el lavadero. Antes de hacerlo, el otro inspeccionó con rapidez los alrededores y luego caminó frente a ellos, asegurándose que aún no quedará ninguno esperando para emboscarlos. No había nadie.

Una vez dentro del lugar, los hombres le aplicaron primeros auxilios. No podían llevarlo a un hospital. Estaban asustados. En sus ojos, en sus movimientos, incluso en sus palabras entrecortadas se notaba. No era un temor por lo que le pudiera ocurrir a Vito, sino por qué le harían a ellos si dejaban a Vito morir.

Ejecutarlos debía ser el más leve de los castigos. Los tres se miraron, presos del pánico y tragaron saliva en una sorpresiva sincronización. El señor Mancini, que no era ajeno del sentir de esos hombres, los tranquilizó diciendo:

—No se preocupen, muchachos. Me pondré bien. Solo necesito que me desinfecten las heridas, algunos puntos y quedaré listo para la acción de nuevo.

Los hombres sonrieron y siguieron ocupándose de él. Pocos minutos después, escucharon que golpeaban la puerta con intensidad.

—¡La pasma! —exclamó uno.

—No hay de qué preocuparse —volvió a decir Vito.

—¿Qué haremos? —preguntó otro, igual de alterado que el anterior.

—¿Cómo te llamas? —quiso saber el Consigliere, antes de responder.

—Me dicen Martillazos, señor. Es un apodo por… un suceso que ocurrió tiempo atrás —explicó.

—Sí, conozco la historia. Bien, Martillazos, toma esto y encárgate de la policía. Sabes qué hacer, ¿verdad?

El hombre asintió, tomando lo que le entregaba Vito desde uno de los bolsillos de su pantalón, luego se dirigió hacia la puerta del lavadero.

—¡Abran la maldita puerta! —escuchó, justo antes de retirar las trabas de la entrada.

—¿Qué ocurre, oficial? —preguntó, fingiendo un bostezo. Se frotaba los ojos como si los continuos y molestos golpes lo hubieran sacado de un placentero sueño.

—Hemos recibido una denuncia por disturbios en la zona y también algunos testigos señalan que hubo una serie de disparos. Todos apuntan a que los criminales escaparon hacia este lavadero.

—Oh, debe ser un error. Aquí estamos mi esposa, Rita, y yo, a punto de marcharnos a nuestra casa —afirmó Martillazos.

—¿O sea que no sabe por qué hay tres cadáveres y casquillos de armas pesadas por toda la calle? —preguntó, escéptico.

—¿Ha muerto alguien? —se horrorizó—. ¿Cree que sea seguro salir? Qué terrible, la ciudad está cada vez más demente.

El policía chasqueó la lengua, miró por encima del hombro y luego volvió su atención en el hombre.

—¿Para qué necesita una caseta de vigilancia un simple lavadero?

Martillazos la buscó con la mirada, fingiendo que no sabía dónde estaba dicha caseta. Cuando dio con ella, simuló sorprenderse.

—Ah, sí. Es que hace unos años atrás teníamos un vigilante para estar alerta de los vándalos, pero con la crisis no tuvimos más remedio que despedirlo.

El oficial no se creía ni una sola palabra.

—Supongo que no habrá problema que eche un vistazo, ¿verdad?

El hombre suspiró derrotado, miró en diferentes direcciones para saber con cuánta compañía contaba el policía. Solo estaba él y su compañero que esperaba en un automóvil negro, con una sirena ovalada en el techo, aparcado en la acera de enfrente. Estaba hablando con un intercomunicador, suponía que para reportar los muertos en la acera.

Martillazos se alejó con prudencia de la puerta y se acercó un poco más al hombre vestido de azul. Desde su chaqueta, haciendo antes una señal para que no creyera que iba a atacarlo, sacó un fajo de billetes. Aquel que le había entregado Vito.

—Le aseguró, señor oficial —murmuró—, que todo ha sido un error. No encontrará nada aquí.

Sonrió, observó el fajo de dinero, al hombre y luego dijo:

—Sí, entiendo. Los testigos debieron confundirse. Muchas gracias por su colaboración, nos encargaremos de los cuerpos —dijo, al tiempo que hacía una señal a su compañero para que cortara la llamada—. Buena noche.

—Buena noche.

Tan rápido como llegó, el coche patrulla se marchó del lugar. El hombre regresó adentro del lavadero junto con los demás y pudo ver que Vito ya había sido tratado. Le habían esterilizado, cosido y vendado la herida.

—La pasma se fue.

—Muy bien —se alegró Vito—. Ahora llévame a un teléfono, necesito llamar al hijo de Don Francesco.

—Por supuesto, señor.

Luego de que le indicaran dónde se hallaba el aparato, pidió que lo dejaran hablar en privado. A pesar de haberle salvado la vida, no podía confiar en nadie. No después de ver quién fue el asesino de Feliciano.

Discó el número, se puso en contacto con la operadora y solicitó la derivación de la llamada. Al poco tiempo estaba al habla con el hijo del Don.

—Carlo..., quiero decir, señor Francesco tengo malas noticias para usted —dijo con voz neutra, tratando de suavizar el peso de las palabras que estaba a punto de comunicar.

Del otro lado de línea, el silencio se hizo presente. Carlo esperaba, era un hombre que no desperdiciaba aliento de manera innecesaria. Hablaba cuando era necesario hacerlo. Un hombre duro que podría convertirse en un Don de temer.

—Su padre fue asesinado. Nos emboscaron, solo yo salí vivo de ahí y por los pelos.

—¿Sabes quién fue? —dijo sereno. Si la noticia lo afectaba, no lo demostraría. Ni siquiera con el consigliere de la familia.

—Sí y desearía estar equivocado, pero no es así, estoy muy seguro de lo que vi.

Otra vez, Carlo esperó sin decir una sola palabra, ni siquiera se lo escuchaba respirar, justo lo contrario que ocurría con Vito. Su agitación y nerviosismo iban en aumento

—Fue el viejo amigo del Don, señor. El detective Víctor D'angelo.

XI

27/29 de Octubre, 1930

—Jefe, tiene que escucharme.

Suspiró.

—¿Otra vez con lo mismo, Walker?

—Vamos, por favor. Solo tiene que echarle una mirada. Nada más le pido.

Arthur Walker había estado esperando por su jefe en el estacionamiento del periódico, a tan solo centímetros de donde solía aparcar su automóvil. No iba a esperarlo justo en el mismo lugar, no era alguna clase de acosador. Tan solo esperó por donde sabía que pasaría, pues lo hacía todas las mañanas, y lo abordó en la entrada de las escaleras que conducían al piso de la prensa. Lo esperaba con un café en la mano y unas donas. Era lo que siempre desayunaba luego de dejar su maletín en el despacho.

—Hay una gran historia y está ocurriendo justo dentro de nuestras narices.

Puedo olerla, señor.

—¿Olerla? Tú no podrías olfatear ni tu propio sobaco, Walker. Deja esta mierda de una vez.

—Se lo digo, señor. La historia es real. He investigado un poco y...

—¿Has hecho qué?

Arthur tragó saliva y se arrepintió en el acto por sus palabras. Había hablado de más.

—Debes hacer lo que se te ordena hacer. Quieres mi confianza y trabajas a mis espaldas. Esta conversación se terminó —bramó Phil. Sin embargo, esta no podía estar más lejos de hacerlo.

Mientras ascendían por la escalera, Phil intentaba acelerar el paso, pero Arthur, con rápidos y agiles movimientos, siempre se ponía en su camino. El viejo periodista refunfuñaba, harto del insistente aprendiz. A veces deseaba despedirlo. Descartaba la idea porque sabía muy bien que sin ese empleo terminaría en la calle o en un trabajo de mala muerte. Además, tenían un pasado que los unía. Pero, por supuesto, eso no era suficiente para convertirlo en reportero. El nombre de su periódico caería en una irrevocable deshonra.

—Vamos, Jefe. No fue nada grave —aseguró, haciendo sonar sus palabras suplicantes—. Solo fui a esa iglesia.

Phil se detuvo por unos breves segundos, lo miró con una furia aplastante y luego siguió caminando. Aún quedaban dos pisos más.

—¿No le parece extraño? —siguió insistiendo—. La policía viene específicamente para contarnos que hubo un asesinato en la iglesia del centro y nos ordena que no hagamos comentarios. ¿Por qué?

—No me interesa y tampoco debería interesarte a ti.

—Mierda, Phil. ¿Qué ocurrió con ese gran hombre que conocí tiempo atrás?

—Aquí soy tu jefe, Walker. No lo olvides.

Arthur enmudeció, pero solo por breves segundos. Todavía no pretendía rendirse.

—Sabemos que no fuimos el único periódico al cual silenciaron. Si no me equivoco, no hay uno, ni siquiera en la radio, que esté hablando sobre ese suceso. Algo pasa —se había dejado llevar por sus propias ideas y no podía dejar de hablar. Sus palabras salían como las balas de una ametralladora, casi tocándose entre sí, ruidosas, pero yendo con dirección certera a su objetivo—. Puede ser que el cura esté metido en este asunto, o la misma policía, o por qué no el alcalde. Esto no es una simple muerte. Tal vez conduzca a la verdad escondida en el seno de la ciudad o una prueba firme de la injusticia y corrupción que ocurre desde la prohibición. O quizás antes...

—Estás desvariando.

Phil abrió una puerta, abandonando las escaleras y entrando al piso de reporteros. No eran muchos, pero todos los escritorios que había estaban ocupados. Algunos hablaban por teléfono, otros reescribían en una máquina lo que tenían en papel y otros simplemente leían una y otra vez distintas noticias, subrayando y realizando notas en un costado de la hoja para luego editar. Al ver llegar al Jefe, junto con Arthur pisándole los talones, no se sorprendieron. Más bien rieron por lo bajo y alguno se burló cuando encontró a un aliado, por ver repetirse la misma escena de todos los días. Arthur los ignoró a todos. Phil suspiró desganado cuando entró a su oficina. Ni siquiera se molestó en cerrar la puerta, sabía que Walker todavía no iba a dejarlo en paz.

—¿Por qué me lo impides? Podría ser una buena historia y sabes muy bien que no te traería una noticia que no atrapara a las masas. Entonces, ¿por qué me impides investigar? ¿Por qué me impides convertirme en reportero, Phil?

El jefe aventó su maletín contra el suelo, dio un

gran golpe sobre el escritorio con su mano cerrada y, aún de espaldas a Arthur, dejó escapar unas palabras crueles y filosas, atravesando el alma del muchacho como ninguna bala lo haría jamás con su cuerpo.

—¡PORQUE ERES NEGRO!

El silencio se formó en todo el piso, las risas, incluso el sonido del lápiz contra el papel se apagó. Nadie esperaba jamás escuchar decir eso del jefe y para Arthur fue devastador. Sabía que todos lo veían como un parásito, pero creía que Phil... después de tantos años juntos, veía algo distinto. Pero no, al final era igual que cualquiera de los demás.

—Entiendo —alcanzó a decir y se dio vuelta para marcharse.

—Detente ahí mismo, estúpido.

Arthur, bendecido y castigado por una gran fidelidad, permaneció de pie sin mover un músculo. Tenía a sus compañeros mirándolo de frente, retuvo las lágrimas, no pretendía mostrar debilidad. Volver a levantarse, seguir luchando a pesar de caer una y otra vez era lo único que podía hacer la gente como él. Ser una muralla, hasta que algún día pueda ser derribada y simplemente vivir.

—Cierra la maldita puerta y siéntate aquí —murmuró Phil con severidad, señalando una silla en una esquina de su escritorio.

El jefe se sentó. Observándolo, Arthur Walker se preguntó cómo la madera podía resistir su peso. Phil era un hombre alto, sacándole casi dos cabezas de altura. Gordo a causa de su mala alimentación y falta de ejercicio, la mayor parte del tiempo estaba en esa oficina y cuando llegaba a su casa solía continuar con el trabajo. Apenas tenía tiempo para algo más, eso incluía sus relaciones afectuosas. Llevaba divorciado más de cinco años, tenía dos hijas que veía muy poco y ninguna amante. No había nadie que le interesara demasiado y nadie que se interesara por conocer a un viejo de casi sesenta años.

Arthur, por otro lado, era un muchacho flacucho, de estatura media, pelo corto y rizado y aunque sus músculos eran en general escasos, era un sujeto ágil y muy activo. Era brillante, tenía capacidad de sobra para convertirse en un excelente periodista. Sin embargo...

—¿Eres consciente de cuál es tu situación? —preguntó Phil.

—Claro que lo sé, lo he sabido toda mi vida —respondió—. Mis cicatrices son recuerdos suficientes.

—Sé que te han golpeado incontables veces, por eso trato de protegerte. ¿Qué piensas que pasará si sales ahí afuera para hacer preguntas, cuestionar la sociedad en la que vivimos y metiéndote en asuntos que claramente te advirtieron que te mantuvieras alejado?

—Me matarán.

—Exacto y sin ningún tipo de remordimiento.

—Aun así...

—Nada. Te olvidarás del asunto y trabajarás en lo mismo que has trabajado desde que te saqué de esa guerra.

—Limpieza, servir el desayuno de esos idiotas que no pueden reconocer una buena historia aunque la tengan frente a sus ojos.

—Al menos lo tienes. Pocos de los tuyos pueden decir lo mismo.

—¿De los míos? ¿Por tener una piel más oscura somos otra especie? ¿No somos humanos acaso?

—Dije lo que dije, ¿tienes algún reproche contra mí?

Arthur Walker bajó la cabeza para mirarse los pies, avergonzado. Recordando en cómo ese hombre que tenía a centímetros lo había salvado de un profundo terror y, por hacerlo, había perdido todo lo que había formado su vida hasta el momento. El muchacho nunca se perdonaría que su vida le costó tanto a ese hombre. Jamás dejaría de agradecérselo.

—Pero de qué me sirve la vida si no haré nada con ella. Quiero hacer valer tu sacrificio.

—No fue un sacrificio, Arthur. Fue la decisión correcta —afirmó—. Y lo agradeces manteniéndote seguro.

—Ya no quiero mantenerme seguro. Necesito esto, Phil —suplicó.

El jefe no dijo nada. Se levantó de la silla, buscó en la cajonera una caja de cigarrillos y encendió uno. Tuvo intención de abrir el gran ventanal que daba a un pequeño balcón en su oficina, pero se arrepintió casi al instante. El frío invernal que cada vez era más próximo recluía a cualquiera entre cuatro paredes. Solo se quedó ahí, pensativo, admirando la hermosa y cruel ciudad mientras dejaba caer la ceniza entre sus pies.

—Deberás pasar desapercibido —dijo al fin.

—Seré un espectro.

—Interroga a la gente cuando lo creas en verdad necesario, no desperdicies palabras y no te expongas de manera innecesaria.

—Lo haré.

—Nadie podrá saber de esto, por lo que deberás encontrar un horario fuera del cotidiano.

—No habrá problema.

Phil se sentó en su silla habitual, una vez finalizado su cigarrillo, apoyó los codos sobre la madera y entrelazó los dedos usando sus manos de soporte para su barbilla.

—Y... hay algo más.

—Lo sé. Siempre lo supe y estaba dispuesto a aceptarlo. Phil suspiró.

—De igual forma, lo diré —repuso—. Si la historia vale lo que crees, la publicaré en el periódico. Pero no llevará tu nombre, si no el de alguien más de aquí. Todo el crédito será para esa persona. Esto no te llevará a la fama, nadie sabrá de ti. Nadie más que los dos que estamos en esta oficina.

Arthur asintió. No esperaba más. No en ese mundo.

Phil lo despidió diciendo que podía empezar su investigación cuando quisiera. Sin embargo, aunque no le gustaba mentirle a su jefe y tutor, Walker había comenzado desde el mismo día que prohibieron a la prensa involucrarse en el suceso ocurrido en la iglesia. Había logrado llegar justo a tiempo para ver cómo se llevaban un cuerpo. El cadáver de la chica con la que mantenía un romance, atraídos por las propias desgracias de cada uno. Una mujer usada como un simple objeto con un hombre transformado en bestia por la opinión pública.

Emily D´angelo era el nombre de esa chica.

Días después, luego de haber cerrado el trato con su jefe, Arthur volvió a esa iglesia. No porque hubiera una pista que lo impulsara a ello, solo era pura intuición. Necesitaba empezar por algo y poder encontrar un camino que lo condujera hacia el asesino de la mujer de la cual se había enamorado.

«Los homicidas suelen regresar al lugar del crimen —leyó más de una vez en el periódico de Phil, cuando se hacían reportajes a la policía local—. Las razones aún nos parecen desconocidas, pero pasa bastante a menudo y no podemos negar lo mucho que nos ayuda eso».

Basado en ese hecho, Walker regresó a la iglesia. Escondido en un automóvil trataba de identificar a todo aquel que se acercará a esta. Cuando vio a un hombre detenerse frente a ella y permanecer ahí durante varios minutos solo observándola, Arthur bajó y se acercó intentando no ser detectado. Cuando notó la sonrisa de satisfacción y orgullo posada en su rostro, supo que ese era el asesino que buscaba. Además, a pesar de la escasa luz que proporcionaban las luces nocturnas, pudo ver sangre en las manos de ese hombre y supo entonces, que este había vuelto a matar. La teoría se vino abajo cuando logró identificarlo, generando más preguntas que respuestas. Había visto algunas fotografías de él en casa de Emily, pues era su hermano.

Víctor D´angelo.

XII

31 de octubre, 1930

Víctor estaba sentado en la sala de espera del hospital, con dos policías a su costado y esposado a una de las sillas. Por momentos, refunfuñaba preguntando cuánto tiempo más lo mantendrían ahí y el motivo de ese trato cuando lo único que hizo fue continuar la investigación que ellos mismos le habían pedido, teniendo en cuenta que Feliciano le había demandado que fuera solo al club donde trabajó Emily la noche de su asesinato. En otros momentos, sonreía por la situación en la que se encontraba y de los rostros de sus custodios que permanecían impasibles ante sus preguntas.

«Si hubiera tomado ese último trago no estaría aquí para aguantar estupideces», pensó, medio lamentándolo y medio riendo para sus adentros. Agradecía que al menos le ofrecieron comida o algo para tomar, había pasado mucho tiempo sin probar un bocado y recién se había recuperado del shock producido tras ver a las rat... Ni siquiera podía pensar en esas alimañas. No sin llevarlo a recordar esos campos de batallas, esos cielos grises pintados con humo, esa tierra roja sin verde, esos cuerpos sin alma, sin vida. En determinado punto deja de importar si son los cadáveres de aliados o enemigos, al final, todo se transforma en lo mismo: pesadillas cargadas de rencor, dolor y culpa... hasta que despiertas, te miras al espejo y solo ves a un despreciable asesino devolviéndote la mirada.

La guerra destruía héroes y creaba monstruos. Esposado a la silla y abrumado por el aburrimiento, cayó dormido durante unas horas. Despertó cuando Marvin hizo acto de presencia en el hospital.

—¿Qué significa esto? —le preguntó Víctor, furioso. Una ira que afloró cuando se detuvo junto a él y no fue capaz de mirarlo a los ojos.

Marvin lo ignoró y se dirigió a los dos oficiales.

—Gracias por la larga espera, ya pueden irse —dijo en tono firme.

—¿Ellos pueden? Yo soy quien lleva esta porquería de metal en la muñeca —se quejó el detective D´angelo.

—¿Está usted seguro, señor? —consultó un oficial.

—Claro que sí, ¿quién piensan que soy? ¿Alguna clase de animal? Marvin continuó ignorándolo.

—Sí, oficiales. Todo estará bien, pueden retirarse.

Los hombres se retiraron, dejando a Marvin y a Víctor solos.

—¿Vas a dejar de ignorarme o...?

—¡¿Podrías dejar de comportarte como un niño?! —bramó Marvin—.

¡Tienes cincuenta años, por el amor de Dios!

—En realidad, tengo cincuenta y tres —se encogió de hombros—, pero ¿quién los cuenta?

Marvin cerró la mano, clavándose las uñas en la palma, y le dio un fuerte golpe en el rostro. Por poco le fractura la mandíbula.

—¡¿Qué mierda te pasa?! —exclamó Víctor.

Una pregunta que ni siquiera estaba seguro de

poder responder. El secuestro de su familia, haberse convertido en cómplice de un asesinato, rebajarse a seguir las órdenes de un criminal, traicionar a sus amigos y compañeros, aparentar frente al mundo; todo eso era una carga que apenas podía soportar. Quería confesar, necesitaba sacarse esa mierda de adentro, antes que lo consumiera. Sin embargo, no lo haría. Como alternativa, soltaba una agresiva tormenta sobre la única persona capaz de ayudarlo y a la vez, el culpable de todos sus males.

Mientras se dirigía al hospital, Marvin se preguntaba una y otra vez por qué no matarlo. Nadie podría culparlo, no habría testigo y sin Víctor no habría necesidad para que su familia siguiera retenida. Profundo en su interior, sabía que solo se engañaba a sí mismo. Deducía, gracias a sus años de experiencia en el cuerpo policial, que el asesino de Emily a pesar de poseer una gran inteligencia y capacidad estrategia, tenía una frágil fortaleza emocional. No dudaba, ni por un segundo, que mataría a su esposa e hijos en un arrebato de descontrol y tal vez mucho más. No le quedaba más remedio que seguir como lo venía haciendo hasta ahora. Deseaba ver a su amigo y viejo colega explotar ese enorme talento que él sabía que poseía para resolver ese crimen, encontrar al asesino y con ello a su familia, sin necesidad de que el alma de Marvin se pudriera más y más llevándolo a un lugar oscuro del que nunca fuese capaz de regresar.

Marvin volvió a golpear a Víctor, esta vez más suave pero de todos modos obligándole a soltar un quejido de dolor.

—Ni siquiera has leído un puto periódico, ¿verdad? —se quejó Marvin—. De anciano eres tan despreocupado como en tu juventud.

—¿Por eso me golpeas? Pensaba que era por fugarme del hospital a mitad de la noche, no por no leer las noticias. Para qué mierda voy a leer un periódico en estos momentos.

Marvin se frotó el puente de la nariz, luego respiró hondo y soltó el aire con suavidad. Entendía que no podía reclamarle nada, era natural que Víctor no recordara nada de lo sucedido. Él lo sabía y, sin embargo, a pesar de la variedad de explicaciones dadas por médicos expertos, en un pequeño rincón de su mente siempre creyó que D´angelo lo engañaba. Una mezquina treta para ocultar sus verdaderas intenciones.

Aun así, esa desconfianza hacia su amigo era por lejos mejor que la teoría sostenida por unos cuantos religiosos... Le dio la espalda, dándose media vuelta, y se encaminó hacia lo que parecía ser la salida. Víctor le gritó, pero su amigo hizo caso omiso. Abandonado y molesto, sacudió la mano esposada, esperanzado de que algún milagro le permitiera aflojarla y zafarse. Primero para correr detrás de Marvin y devolverle la golpiza injustificada. Luego pensaría qué hacer. Ni siquiera tenía ánimos de seguir con el caso, puesto que este no llevaba a ningún lado. La idea del suicidio aún seguía presente... bueno, eso era algo de lo que se podría librar tan fácil. Todos sus miedos, todo el horror visto y experimentado, todas esas pesadillas que muchas noches lo mantenían en vela seguían ahí y era probable que nunca se fueran.

Al poco tiempo, Marvin volvió, y qué sorpresa, tenía un periódico debajo del sobaco. En su mano llevaba una taza de chocolate caliente, Víctor supuso que la había pedido en la cafetería del hospital. Por supuesto, no había traído nada para él. Solo un sucio e inútil periódico. Sin decir palabra se lo arrojó contra su pecho y este cayó sobre sus piernas. Estaba doblado en un rectángulo perfecto, por lo que ninguna página salió volando a pesar de la agresiva entrega.

—¿Qué mierda quieres…?

—¡¿Puedes leerlo de una puta vez?! —lo cortó.

El detective D'angelo tuvo el deseo de replicarle, pero al verlo directo a los ojos y detenerse ahí por un instante, algo que no había hecho hasta ese momento, pudo notar un aspecto deteriorado, cansado, abatido y carente de ánimos. Entonces, en silencio, solo asintió. No necesitó ni siquiera pasar una sola página para que su expresión jocosa se hiciera pedazos y se volviera muy similar a la que llevaba Marvin tallada como una piedra inamovible. Y mucho más de lo que pensaba, porque al igual que en su amigo, la culpa y el horror invadió su alma, aplastándola y rompiéndola otra vez, un poco más.

—No puede ser… —balbuceó—. Feliciano… ¡Feliciano fue asesinado! Marvin movió la cabeza en señal afirmativa.

—Pero si no han pasado más que unas horas desde que lo visite.

—Observa la fecha.

Víctor lo miró sin entender nada, pero luego obedeció.

—¡Dos días! Esto tiene que estar mal, no es posible. No estuve tanto tiempo en cama, solo…

—Víctor… —lo interrumpió Marvin—. Esto no fue obra del hombre que asesinó a tu hermana.

—Entonces…

—Claramente los métodos fueron muy diferentes, pero no es en eso en lo que se basa mi afirmación —admitió—. El culpable dejó un espejo pequeño en el bolsillo del saco de Feliciano Francesco.

—No. No es posible.

Víctor se miró los pies y se agarró fuerte la cabeza con su mano libre.

—Su firma.

—¡NO! —gritó—. Por favor, no me lo digas.

—Ha vuelto, Víctor.

—No, no, no...

—Tu otra parte aún existe. El demonio que duerme en tu interior ha despertado de nuevo.

El detective no pudo contener las lágrimas, lloró como no lo había hecho antes, acompañando cada llanto con gritos desgarradores y casi... casi sobrenaturales.

—Tú lo has matado. Eres el asesino de Feliciano Francesco.

XIII

31 de Octubre, 1930

Las palabras no salían. El silencio traía paz, pero también vergüenza. Recordaba perder el control de sí mismo, despertarse en un lugar desconocido con las manos manchadas de sangre que no era suya. Cuando ocurrió la primera vez culpó a la borrachera de esa noche, incluso la segunda vez.

«Estuve en el lugar incorrecto y no lo recuerdo», solía pensar. Pero cuando hubo una tercera vez y las lagunas en su mente se formaron a pesar de no haber bebido ni una sola gota de alcohol, entonces supo que había algo mal con él. Consultó médicos expertos, al menos los que podía pagar con la pensión por ser un veterano de guerra y, luego, con su sueldo de policía; pero ninguno fue capaz de determinar la raíz de su problema. Entonces, probó otra alternativa visitando a un clérigo fuera de la ciudad.

El Padre Alberti vivía en un pueblo pequeño granjero, donde todos los habitantes se conocían entre sí. La delincuencia era mínima, pues solo se concentraba en los mismos alborotadores de siempre, vagos o borrachos que luego continuaron siéndolo a pesar de la prohibición. Sin embargo, su iglesia era muy visitada, puesto que el Padre Alberti no solo era un excelente consejero, sino también un experto exorcista; según decían. Eventos inexplicables, dolencias incapaces de determinar sus causantes, comportamientos que rompían las barreras de la normalidad eran consultados con el Padre Alberti. Algunos de ellos obtenían resultados decepcionantes para aquellos con mentes más avispadas. No era de extrañar que un hombre con tal poder para formar seguidores y fuertes creyentes, estafara a muchos de ellos. Cuando las razones de las consultas no eran más que simples enojos por infidelidad, traiciones familiares o alguna otra, Alberti los atribuía a un cruel acto de Satán.

Víctor, motivado por la fama de Alberti, pidió su atención para lidiar con su problema. Algún día, el padecimiento del detective D´angelo sería conocido como TID -Trastorno de Identidad Disociativo-, sin embargo, en ese momento, tal vez por desconocimiento o impulsado por un fanatismo religioso, la explicación que le daría el Padre Alberti sería una muy diferente.

Víctor D´angelo tenía un demonio durmiendo en su interior.

Ese demonio despertó en varias ocasiones y siempre que lo hizo dejó un camino de sangre por donde pasaba. Las víctimas eran muchas y la policía no era capaz de dar con él. No había forma de atraparlo. Creían que estaban contando con un caso similar al que ocurrió con Jack el Destripador, un asesino que jamás fue detenido y, de un momento a otro, desapareció sin dejar rastro. Lo mismo ocurrió con la parte oscura de Víctor. Luego de consultar con el Padre Alberti y descubrir que sus pérdidas de memoria sobre qué había hecho, cómo había llegado a ese lugar, cuándo se vistió con esas ropas; decidió contárselo a sus colegas y amigos: Marvin y Feliciano. Estos lo mantuvieron en secreto, sería contraproducente revelar al mundo que mientras el número de muertes aumentaba, uno de los policías asignados al caso estuvo investigándose a sí mismo todo el tiempo y sin saberlo.

A través de la hipnosis y la lucha interna constante por parte del detective D´angelo, permitieron derrotar al demonio y creyeron que lo habían expulsado para siempre. Lo dieron por muerto. Durante muchos años no volvió a manifestarse.

Víctor no podía retirar la mirada del suelo del hospital. No se atrevía a levantar la cabeza, pues sabía que si lo hacía, debía hacerle frente a

Marvin y eso quería decir creer en sus palabras y entrar en esa realidad en donde él volvía a convertirse en un peligroso y despiadado asesino. Pretender que había acabado con él era una gran estupidez. Los demonios jamás se retiran, solo esperan la ocasión correcta para sembrar, una vez más, su semilla de odio y destrucción.

El detective escuchaba un sonido saliendo de la boca de su amigo, el sonido de las palabras. Pero no lograba entenderlas, no conseguía centrarse. Salvo por unas en particular, que no pudo dejar pasar.

—Víctor, tenemos que…

«¿Tenemos?», se preguntó.

No, él no quería otro tenemos y arrastrar a su amigo de nuevo a esa oscuridad. Ya estaban viejos, no deberían pasar por eso otra vez, tenían que permitirse descansar. ¿Por qué el demonio seguía haciéndose presente? ¿Por qué no le permitía vivir los pocos años que le quedaban en paz? ¿Acaso se lo merecía? ¿Debía haberse quitado la vida?

—¿Podrías quitarme las esposas ahora? —preguntó, aún sin levantar la mirada.

Marvin vaciló por unos segundos y luego asintió,

aunque su amigo no pudiera verlo. Una vez liberado y sin todavía ser capaz de poner en orden sus pensamientos, se encaminó hacia la salida del hospital. No dijo nada, ni el más mínimo sonido salió de su boca, solo se marchó.

—¿A dónde vas, detective? Como tu superior, demando que me lo digas —bramó Marvin—. ¡No iré detrás de ti! ¡¿Me escuchaste?! Ya no eres un niño, Víctor. No iré a buscarte como solía hacerlo cuando éramos más jóvenes. Debes ser capaz de tomar tus propias decisiones, maldito egoísta hijo de puta.

El detective levantó el brazo con el puño cerrado y el pulgar elevado, a modo de respuesta.

—Mierda —masculló Marvin.

Lo dejó marcharse. Su instinto de investigador, a pesar de estar un poco oxidado, le decía que debía dejarlo lidiar con el asunto a su manera.

Marvin se dirigió a la recepción del hospital e hizo todos los trámites necesarios para que no tuvieran en cuenta a Víctor como su paciente por el momento. La chica que lo atendió, muy joven, o al menos así lo percibió él con su avanzada edad, le insistió en que un doctor debía darle el alta y que no podía marcharse así como si nada. Les generaría problemas a todos. Después de una larga y tediosa charla, explicando una y otra vez que no había nada de qué preocuparse, la chica lo dejó marchar, obligándolo a prometer que él se encargaría de todo.

Odiaba los malditos procedimientos y se había convertido en administrador, sin dudas no lo había pensado muy bien. O sí...

«Fue por mi familia. Para darles más de lo que podía siendo solo un detective. Por mi familia, la que ahora ya no está». Una lágrima se escapó y enseguida la atajó con la manga de su saco. Nadie debía verlo así. Podrían preguntar...

Alguien podría sospechar...

Por otro lado, Víctor salió del hospital y sus pies, moviéndose casi por cuenta propia, lo llevaron a una cantina ilegal cerca de ahí. El detective la conocía muy bien, pero no como un representante de la ley, sino como un fiel consumidor. Las veces que había ido a ese mismo hospital por un compañero herido, por un viejo camarada de guerra que estaba a punto de dejar el mundo, fueron muchas. Y más aún las veces que visitó ese mismo hospital, escondiéndose en las sombras; observando a las familias que lloraban la muerte de alguien que él... no, su demonio había asesinado. Cada vez, ahogaba sus penas con el alcohol de ese mugroso y hediondo bar.

El portero del lugar pretendía interrogarlo, quería saber cómo había dado con ese sitio, bajo qué motivo, y registrarlo en busca de armas o alguna placa de policía. Sin embargo, al decir su nombre, el sujeto revisó una libreta que guardaba en el bolsillo trasero de su pantalón y supo que era un cliente frecuente. La libreta era necesaria puesto que los porteros eran rotados con bastante frecuencia. No había nada de malo en ellos, pero era una forma de salvaguardar el negocio, evitando que estos fueran identificados, seguidos y sobornados o chantajeados para sacarles información.

Al ingresar, el cantinero lo reconoció enseguida y agitó la mano con entusiasmo. Algunas mesas estaban vacías y solitarias, aún con los restos de quienes estuvieron en ellas: vomito seco y los cadáveres de las bebidas. La mayoría estaban ocupadas. Donde no había un solo espacio disponible, era en los taburetes que se encontraban contra la barra. El lugar preferido por Víctor.

El cantinero, Mauricio, lo sabía y es por eso que le dio un sonoro golpe con la mano abierta a un borracho que ya se había pasado de copas y roncaba contra la madera.

—Vamos, viejo. Salte de aquí —le decía Mauricio, luego de añadir dos golpes más a la cuenta—. Alejas a los clientes.

Con el último golpe, el borracho se despabiló. No se lo veía molesto, en realidad, ni siquiera parecía haberlos percibido.

—¿Qué? ¿Qué? —dijo desorientado.

—Vete de aquí de una vez, apestas mi bar —bramó Mauricio.

—Tu bar siempre apesta. Da asco... ¡hip! —repuso, tambaleándose a pesar de estar parado, con un ojo entre cerrado y las mejillas coloradas, ocultas por su barba tupida y sucia—. No volveré a pizzar ezzta pozzilga... ¡hip! —soltó agitando su dedo delante del rostro del cantinero.

—Sí, Sí. Vamos, vete de aquí —dijo, moviendo la mano como si empujara el aire.

El borracho se marchó con torpeza, recibiendo insultos y empujones por parte de algunos clientes cuando pasaba por al lado de ellos y los pechaba, dando disculpas cargadas de un repugnante aliento.

—No era necesario que hicieras eso, podía quedarme parado —dijo Víctor, ya sentado en el taburete desocupado.

—¿Por ese viejo lo dices? No hay de qué preocuparse. Siempre pasa lo mismo con ese tipo, se embriaga y crea alborotos. Hay días que se pone peor y lleva las peleas a otro nivel. Un día trajo un cuchillo tan largo como mi brazo y...

—Entiendo —lo cortó Víctor. Cuando Mauricio soltaba su lengua, podía hablarte por horas. Incluso temas que no tenían ningún tipo de relación con el escucha.

—Tienes los ánimos por el suelo, ¿eh?

—Algo por el estilo —admitió.

—¿Quién no? ¿Para qué vendrían a esta pocilga si no fuera así? Aunque algunos vienen por otras razones, como probar suerte —dijo señalando a una pareja que abandonaba la cantina entre risas y la mano del hombre en las nalgas de la mujer —y otros a terminarla— se escuchó un sonoro golpe. Una muchacha había abofeteado a un sujeto con el que tiempo atrás estaba charlando. Luego la chica se marchó y el sujeto se quedó para seguir bebiendo, llevó la vista a la gente que lo observaba y dijo: «volverá».

—Oh, sí señor. Con un trabajo como este nunca te aburres —repuso Mauricio.

—Puedo imaginarlo. Mauricio chasqueó la lengua.

—Te serviré algo para que tomes. Necesitas levantar ese ánimo de perros que estás teniendo, hombre.

El cantinero se puso a buscar en la estantería a su espalda, una de las mejores botellas de gin que habían en la ciudad y, mientras lo hacía, el detective D´angelo reflexionaba sobre la importancia de lo que acaba de decir Mauricio. De hecho, debería haberlo pensado antes, pero no se le pasó ni por un breve segundo en la cabeza. Llegó a ese bar por el simple impulso de la rutina. Siempre había sido así, ante la tristeza, cuando se hallaba en un punto ciego en algún caso, en esos deseos de lanzar todo a la mierda y a él mismo, Víctor buscaba consuelo en el alcohol. Y esa búsqueda lo había llevado hasta ahí. Sin embargo, algo cambió debido a una condición que él mismo se había puesto:

«Después de este último vaso de gin, me mato».

¿Implicaba esa promesa que luego de beber ese líquido que Mauricio estaba dejando caer desde una botella alargada, tendría que quitarse la vida? ¿O solo aplicaba para el gin y podría emborracharse con cualquier otra bebida? Víctor había hecho un pacto con la muerte y a pesar de no saber muy bien cómo eran las condiciones, sabía que era algo que no podía romper.

Mauricio terminó de servir, colocó un trozo de

limón en el borde y lo invitó a beber.

—Te encantará. Es justo lo que necesitas para matar esa amargura.

Víctor D´angelo asintió y sonrió por la ironía de las palabras usadas.

Observó el vaso, viendo su reflejo distorsionado en el líquido semitransparente, meditando qué hacer. Así se mantuvo hasta que su reflejo comenzó a desvanecerse y, en su lugar, se encontró con los ojos del demonio devolviéndole la mirada.

XIV

29 de octubre de 1930

Vito Mancini estaba sentado frente al nuevo jefe de la familia, Carlo Francesco, hijo de Feliciano Francesco. No podía dejar de hablar. Contó desde principio a fin todo lo que había ocurrido desde la visita del detective Víctor D´angelo, el momento de su asesinato, la traición de los irlandeses y el encuentro con algunos de los muchachos en la lavandería, justo antes de ponerse en contacto con él. Para esto último, los hombres que habían protegido a Vito intervinieron en el relato aportando su punto de vista del pequeño enfrentamiento y luego el soborno a la policía. Carlo escuchaba con detenimiento, dejando su mirada fija en quien le hablaba pero sin mostrar su propio estado de ánimo. Nada parecía provocarle ningún tipo de emoción. No fruncía el ceño, no sonreía ni apretaba los puños furiosos. Solo escuchaba con atención. Lo hizo hasta que por un breve tiempo nadie más habló. Fue en ese preciso instante, cuando dijo: ¿Eso es todo?

Vito se sintió intimidado ante la fría presencia de su jefe. «¿Qué pensará?», se preguntaba. Sentía preocupación por no ser capaz de anticipar los pensamientos de su Don, era algo que todo consigliere necesitaba hacer, prever las decisiones que tomará y poder orientar con precisión el camino a seguir. Sin embargo, no lo lograba hacer con Carlo. Tampoco es que fuese necesario. Vito Mancini era el consejero de la familia Francesco con Feliciano a la cabeza, pero con un nuevo Don eso podía cambiar. Que él siguiera desempeñando ese papel todavía estaba por verse.

—Sí, señor. Eso es todo —confirmó Vito.

—¿Y estás seguro que él es el asesino?

—Sí, no me cabe duda. El detective Víctor D´angelo mató a su padre. Desconozco qué tipo de relación tiene con los irlandeses.

—Bien. Pueden irse —dijo Carlo, inexpresivo.

—Disculpe por mi atrevimiento. Pero, ¿qué quiere decir con... bien?

—preguntó Vito, interrumpiendo la orden dada. Consideró las respuestas de Carlo como una falta de respeto hacia su propio padre, Feliciano.

Carlo suspiró. Se lo notaba... ¿aburrido? Como si prefiriera estar acostado en su cama, tal vez alcoholizado y con alguna mujer de compañía, antes que estar planeando una venganza o acción por el asesinato de su padre. Algo no muy alejado de la verdad. Carlo Francesco siempre sintió un gran aprecio y admiración por el viejo, tanto al verlo como Don de la familia a como un simple trabajador que deseaba lo mejor para los suyos. Sin embargo, nunca descartó la posibilidad de que Feliciano fuese asesinado por ese mismo trabajo que lo había llevado a la cima. Observó, con ojo crítico, a todos los que rodeaban al Don y los vio como una manga de aduladores, buitres esperando por su pedazo de carroña. Estuvieron con él porque les convenía, recibían buena pasta por ayudarlo y eso hizo que nunca quisieran abandonar el barco. Aun así, estaba seguro que llegaría el día en que el imperio Francesco comenzara a caer, esos buitres se volverían fieras arrancando los últimos pedazos que lo mantuvieran en pie. Es por eso que Carlo tomaba la muerte de su padre como un simple desenlace de los acontecimientos, algo imposible de detener.

Vito, por otro lado, era diferente. El consigliere de Feliciano era un verdadero amigo, compañero y hermano. Era por él que Carlo pretendía tomar represalias por el asesinato. Por Vito Mancini habría una vendetta, ese hombre la merecía. Las deudas, después de todo, son para los vivos. La paz se la llevan los muertos.

—Por favor, dejarnos solos —pidió Carlo a todos los hombres que estaban en la habitación, con un semblante serio pero voz amable.

Los hombres obedecieron de inmediato. La energía que envolvía al jefe era suficiente para no intentar ofrecer cualquier resistencia o acto de rebeldía. Una vez solos, Vito Mancini preguntó:

—¿Qué ocurre, Carlo? Perdón... Don Francesco.

—Olvídate de las Formalidades, Vito. Para mí eres y serás siguiendo mi hermano.

—Gracias —dijo con voz suave.

—Además, quiero que sepas que no pongo ninguna responsabilidad sobre tus hombros por la muerte de mi padre —afirmó—. Los eventos ocurridos escapaban de nuestro control. Es imposible estar vigilando a todos nuestros aliados esparcidos por la ciudad. Si nos apuñalaron por la espalda, solo queda descubrir la motivación de esto y recuperarnos dando nosotros el próximo golpe. Debemos asegurarnos de que el nuestro sea más duro. Las culpas deben quedar atrás.

—¿Es esto lo que querías decirme?

—No, Vito. Claro que no. Pero creía que necesitabas escucharlo y soltar esa carga que te has puesto sobre los hombros.

Mancini lo observó directo a los ojos, no había duda en ellos y había logrado ver con claridad el alma de su subordinado. «Serás un gran jefe. Feliciano estaría orgulloso», pensó.

—Quería hablarte sobre lo que me contó mi padre muchos años atrás —continuó Carlo—, tiempo después de que regresara de la guerra. El único secreto que te ocultó —reveló.

«¿Un secreto?».

Vito estaba sorprendido por el misterio que pareció envolver a la charla que había iniciado como una simple notificación de sucesos. Pero aún más que eso, le sorprendía el cambio de postura en Carlo. Tanto en su forma de mirarlo, como en la de expresarse. Solía mostrarse serio y desinteresado. Ahora se lo veía agitado y hablando con rodeos sin ir al grano de una vez. Como si tuviera miedo. Jamás había visto sentir miedo a Carlo Francesco y él mismo fue testigo de las diferentes adversidades que se vio obligado a enfrentar, sin embargo nunca se doblegó, nunca vaciló ante la cercanía de la muerte.

«¿Qué me ha escondido Feliciano?», se preguntaba el señor Mancini.

—Cuando me lo contó, no le creí ni un segundo —admitió Carlo—. Estaba escuchando las palabras de un hombre que había pasado por un infierno en la tierra. Las cosas que vio y experimentó... bueno, muchos dicen que es normal encontrar un daño en la mente de los veteranos de guerra. La percepción de aquello que los rodea se distorsiona, los sueños llegan con los ojos abiertos. Llega un punto en que no es sencillo reconocer la realidad de la pesadilla y a veces, para lograr recomponerse, la mente humana necesita crear barreras, invenciones para justificarlas y combatirlas. Al menos, eso fue lo que me contaron los diferentes expertos que consulté sobre el tema, justo después de escuchar las palabras de mi padre y cómo la creencia de estas habían repercutido en su vida. La mayoría eran estudiantes, nuevos en la materia. Pensaba que las mentes frescas tendrían nuevas teorías y más ganas de explorar lo desconocido, ante los viejos conservadores.

—Pero, ¿qué fue eso? ¿De qué te habló Feliciano? —insistió Vito.

—Hay un demonio en el interior de Víctor. Este tomó el control una vez y la sangre se derramó a montones —confesó Carlo—. Mi padre me contó esto porque creía que si el demonio volvía, iría a por él. Si eso pasaba, había que frenarlo y, esta vez, de manera permanente.

—Quieres decir que...

—Sí. Don Feliciano Francesco nos dejó una misión con su muerte. Debemos eliminar al detective D´angelo —dijo, recuperando de nuevo la mirada fría en sus ojos y esa voz secante que lo caracterizaba—. Y para hacerlo, debemos encargarnos de sus supuestos nuevos aliados.

—Los irlandeses.

Carlo, antes de responder, tomó una caja de cigarrillos, una botella de whisky y dos vasos de uno de los cajones en su escritorio. Sirvió con la medida justa, colocó dos hielos en cada vaso, sobre el líquido amarillento y le ofreció uno a Vito Mancini, quien aceptó con gusto. Ambos brindaron sin decir una sola palabra, no era necesario, la intención de luto era palpable. Bebieron y luego cada uno encendió un cigarrillo.

Después de dar algunas caladas y dejar que el humo inunde el despacho, Carlo por fin rompió el silencio:

—Prepárate, Vito. Iremos a la guerra.

XV

29/30 de Octubre, 1930

Arthur Walker observó al hombre parado frente a la iglesia y no dudó ni un segundo que se trataba del asesino de Emily D'angelo, su amada. Percibía la fragancia del homicida en el aire. El olor a sangre seca, a sudor, a pólvora. La mirada satisfecha y perdida en un excitante y enfermizo recuerdo. Una mano le temblaba, por nerviosismo o ansiedad. La cubrió con la otra para calmar aquella que había empuñado el cuchillo que cortó la tierna piel de su querida Emily. El aspirante a periodista creía tener al asesino frente a sus ojos, pero no había olvidado su propósito. No era un hombre impulsado por la venganza; sí, por la justicia, a pesar de todas las veces que le falló y descubrió que a veces era ciega y sorda.

A nadie le importaba si un negro era golpeado en plena calle, estando incluso rodeado de gente. Y si lo hacía, la culpa recaería en él: «El negro lo derribó y no pidió disculpas». «El negro lo atacó primero». «El negro tenía una postura amenazante». «El negro lo observó con desagrado y escupió a sus pies». «El negro trató de robarle su cartera». Al final, todo podía resumirse en una sola acusación: «El negro no era blanco».

Arthur siguió al presunto asesino, manteniendo una distancia segura y ocultándose cuando lo creía necesario. El sujeto no era ningún tonto, en varias ocasiones se detuvo y miró hacia su espalda. Era consciente de que alguien estaba detrás de él, aún más de lo que Arthur hubiera deseado. Podía jurar que en una de esas paradas lo vio sonreír, como si lo sintiera como algún tipo de desafío. El periodista, sin embargo, no se acobardó. Continuó adelante, fiel a su objetivo. Siguieron por varias calles a pie. El hombre a quien Arthur ya había reconocido como el hermano de Emily, Víctor D´angelo, se detuvo en una esquina. Consultó un reloj de bolsillos y, por varios minutos, esperó. Casi no había gente en los alrededores, por lo que tuvo que ocultarse contra la pared de un callejón oscuro para espiarlo. Poco tiempo después, un auto se detuvo en la esquina donde esperaba Víctor y un hombre, desde el lado del copiloto, sacó un maletín y se lo entregó.

—¿No vas a contarlo? —preguntó el hombre.

Al haberse escondido cerca, Arthur lograba escuchar lo que decía. Suponía que no era el único, algunas pocas personas pasaban frente a ellos. Era claro que ese encuentro no traía nada bueno y la gente solía ignorar los conflictos, salvo que les tocara directamente a ellos. Preferían negar la existencia del mal, antes que intentar afrontarlo. Ocurrió algo similar cuando Arthur fue atacado por su color de piel. Muchos veían innecesario ese tipo de castigos, ese desprecio infundado hacia alguien que era igual al resto. Pero la mayoría tomaba las acciones contrarias a ese pensamiento, nadie quería luchar contra la mayoría y se quedaban con la peor idea posible: «No arriesgaré mi vida por un negro».

Salvo Phil, él sí lo había dado y dejado todo.

Con el tiempo Arthur Walker entendió que no se

trataba de un color de piel, un acento diferente, ni nada de eso. La gente solo necesita alguien a quien odiar, alguien a quien culpar y como los mayores culpables están lejos de su alcance, apuntan a lo que tienen más cerca.

—Si no está todo, iré a por ustedes. Quiero imaginar que no cometieron semejante tontería —había respondido Víctor.

Arthur solo veía el brazo del hombre en el automóvil y parte del perfil de su rostro. Pero percibió una sonrisa con bastante claridad.

—Tranquilo, no habrá problema —aseguró. Arthur notó un acento irlandés—. Has ayudado más de lo que esperábamos. Ahora por fin Feliciano Francesco está muerto y el territorio de esos sucios italianos será nuestro.

«Así que no solo mató a Emily. ¡Víctor también se ha cargado al jefe de la mafia italiana!», se horrorizó el periodista.

Todo el mundo sabía quién era Don Francesco y sus actividades delictivas que incluían asesinato, prostitución, el juego y el contrabando de alcohol. Pero nunca habían dado con las pruebas suficientes para llevarlo ante la justicia. Además, con la creación de comedores y diferentes discursos para la prensa en donde afirmaba que él solo era un ciudadano que proveía a la gente de lo que deseaba, había ganado gran parte de la opinión pública. Era casi intocable.

«Pero ya no más», pensó, en una mezcla de alegría y confusión.

—Suerte en los negocios —dijo Víctor, con una sonrisa tétrica.

El automóvil puso en marcha el motor y el hombre irlandés lo saludó moviendo la mano mientras aceleraban, perdiéndose en las sombras de la noche. Víctor siguió el recorrido con la vista y cuando dejó de verlos, emprendió el suyo propio.

Arthur lo siguió. Llegó hasta un callejón oscuro. Un automóvil estaba aparcado. Arthur Walker pensó que se subiría y le perdería el rastro, pero no lo hizo. Abrió el maletero, sacó una bolsa de nylon negra y metió el maletín dentro de esta. Luego lo cerró y se marchó. No sin antes mirar a los alrededores para estar seguro de que nadie lo había visto. El muchacho necesitó esconderse muy bien para no ser descubierto, a la vez que otro pensamiento surcaba su mente.

«Es mi oportunidad».

Había visto suficiente. No le cabía duda de que ese hombre denominado como detective, no era más que un brutal asesino. Un corrupto traicionero. Podría ir a por él. Había algunos fierros y cascotes, podría usar cualquier arma improvisada para atacarlo por la espalda. No podría anticiparse a ello. No había forma de fallar. Solo debía esperar donde estaba escondido. Pasaría por ahí para salir del callejón y no lo vería. No hasta que fuera demasiado tarde. Solo necesitaba paciencia. Rodeó un trozo de metal con sus manos desnudas. Dejaría huellas, pero se llevaría el arma homicida y trataría de no tener contacto con el cadáver. Solo un golpe. Y otro. Y otro más para asegurarse de que no se volviera a levantar.

Víctor pasó por el punto que esperaba y Arthur desistió de la idea. Lo dejó marcharse con la sangre en las suelas de su zapato, esta se adhería a la acera cuando caminaba por culpa de esa sustancia pegajosa. Así como se pegaba en el asfalto, se pegaba en sus manos, en su cuerpo, en su alma.

Arthur suspiró derrotado, pero a la vez sintiendo un pequeño alivio.

¿Cómo iba a explicar que había matado a un detective retirado? ¿Qué pruebas tenía para asegurar que él había matado a Emily? Ninguna, realmente. No había hecho nada de lo que Phil le ordenó: Investigar, mantenerse al margen, buscar pruebas irrevocables. Solo se había dejado llevar por sus impulsos, algo que la policía resaltaría para culparlo de homicidio. Verían su color de piel y sería motivo suficiente para no creer en su palabra que, hasta ese momento, era lo único que tenía. Phil estaría decepcionado...

«¡No! ¡Sí existe algo!», se le ocurrió de repente.

Comprobó que Víctor se había marchado y se dispuso a revisar el maletero donde el detective guardó el dinero de los irlandeses. Dinero sucio y rojo. Sabía abrir cerraduras y esa era muy sencilla. Una habilidad aprendida cuando vivió en las calles, pero fortalecida cuando Phil trató de adentrarlo en el mundo donde nadie lo aceptaba. En un simple intento logró abrir el maletero y sus ojos brillaron de excitación. Nunca había visto tanto dinero junto. Claro que no se trataba de robarlo, sino de llevarlo a un lugar seguro para, cuando se diera la oportunidad, usarlo en contra de Víctor. Esa era solo una pieza del gran puzzle que pronto comenzaría a armar. Por fin se había puesto en la dirección correcta.

Cambió de opinión cuando escuchó el sonido inconfundible de un arma amartillada. Sintió el cañón apoyado en su espalda, hundiendo el saco y la camisa, casi tocando la piel. Un solo disparo y no saldría vivo de ahí.

Arthur tragó saliva. Se aferró a la idea de que Víctor no se hubiera percatado de que lo estuvo siguiendo todo ese tiempo. Había vuelto por algún motivo y se encontró con un negro revisando sus pertenencias, algo común en esos tiempos, dado que los hombres y mujeres de color pertenecían al mayor porcentaje de pobreza del país. Su esperanza se desplomó cuando el sujeto habló y supo que esa voz no pertenecía al detective.

—¿Qué haces? —preguntó.

La única vez que había escuchado hablar a Víctor fue cuando lo vio unos momentos antes, al aceptar el dinero de los irlandeses. Sin embargo, solo esa ocasión fue suficiente para notar la diferencia entre el timbre de voz del detective al de ese sujeto que lo amenazaba con una pistola en su espalda. Una voz masculina.

—Sentí curiosidad. Nada más. No me iba a llevar nada —aseguró, aparentando inocencia.

—No me has entendido, chiquillo —dijo el hombre. Arthur percibió que sonreía—. ¿Qué haces aquí, siguiendo a mi presa?

—¿Tú...?

Arthur no pudo completar la pregunta. El arma se disparó y una bala atravesó su espalda, dejando un pequeño hueco de salida en su abdomen. Arthur Walker se miró la herida, la sangre emanando de ella y el terror lo poseyó. Cayó de rodillas poniendo sus manos sobre el hoyo, tratando, inútilmente, de detener la pérdida de sangre. Pero la muerte no podía ser detenida y había llegado hasta ahí para llevárselo con ella. El recién llegado le propinó una patada haciéndole chocar su rostro contra el duro y mugriento suelo. Arthur gimió de dolor. Luego el hombre lo volteó y el periodista quedó mirando a los ojos de un verdugo.

—¡Te conozco! —afirmó, entre asombrado y abatido. No podía creer que... ¿todos han sido contaminados con el virus de la corrupción? —. ¿Tú has matado a Emily? ¿Por qué?

—Eso no te concierne, asqueroso negro —zanjó.

Arthur abrió la boca para decir algo pero, en un rápido movimiento, el hombre le cortó la garganta. Su cuerpo entero entró en un estado de pánico. El hueco formado por la bala y la zanja abierta con el afilado cuchillo dejaban escapar la sangre a montones. Las heridas no podían ser tapadas. Moriría, esa era su realidad. Solo deseaba hacerlo sintiendo el menor dolor posible, pero ni siquiera ese desesperado deseo fue cumplido.

Un perro ladró en la cercanía y el aspirante a periodista rezó para que sirviera como una señal de ayuda.

«Vamos, chico. Llámalos. Llama a alguien», anheló con ferocidad.

En su interior sabía que no serviría de nada, ese atisbo de esperanza sería ejecutado. Los testigos no estaban permitidos. Ni siquiera los peludos de cuatro patas, con sus estruendosos ladridos. Con su último aliento, Arthur Walker sintió cómo el hombre le rasgaba la camisa dejando su pecho al descubierto. Luego los tajos, desprolijos pero ordenados. Pegados, cortes unidos y algunos separados. Creaban letras. Se transformaban en frases.

El trabajo terminaba con un aspirante a periodista muerto en un oscuro callejón, con un mensaje de sangre y piel cortada en su pecho. Un aliado desechado. Un amigo en evidencia, deshonrado.

Marvin, ¿qué dije acerca de la prensa? Me has defraudado.

XVI

31 de Octubre, 1930

Víctor D´angelo vio los ojos del demonio refleján-
dose en el trago de gin y golpeó el vaso con brusquedad, arrojándolo hacia detrás de la barra y haciendo que estalle en pedazos contra el sitio. Mauricio,
el cantinero, pegó un sobresalto que se transformó
en incomprensión cuando vio al detective marcharse hacia los baños.

—¡Qué desastre! —murmuró. Observaba los
cristales rotos, pero era difícil saber si hablaba por
ellos o por el estado de Víctor.

El detective llegó al lavabo agitado y cubierto de
sudor, a pesar de que la distancia recorrida fuese
corta. Abrió el grifo, dejó que sus manos se llenaran
de agua fría y las llevó a su rostro, una y otra vez,
mojando y frotándose los ojos hasta que comenzaron a arderle. Sollozaba. Llevó su mirada al espejo
frente a él y no había nada extraño en su reflejo.
Nada como lo que había visto en ese vaso de gin.
Suspiró aliviado. Luego su rostro se torció en una
mueca espeluznante.

—¿Crees que me iría tan fácil, detective? —preguntó el demonio, desafiante.

—¡¿Qué quieres de mí?! —gritó, ahogando un sollozo y apoyando ambas manos en el lavamanos.

—Lo que siempre he querido. Tu cuerpo, tu mente. Tener el control total —repuso, encogiéndose de hombros—. Así que dime, ¿cuándo me lo darás?

—¡Nunca! Jamás vencerás, te sepultaremos como lo hicimos antes.

El demonio rió. Una risa escalofriante y demente que erizaba cada vello de la piel. Maniática y oscura, repleta de deseos sangrientos. Una criatura así no debería tener permitido reír, pues no debería tolerarse una risa que provoque llantos a quien la escuche.

—¿Quiénes, Víctor? ¿Quiénes serían capaces de algo semejante? — preguntó, entre curioso y divertido—. Aquellos que te ayudaron antes han sido censurados. Francesco fue asesinado por tu propia mano, conmigo al mando, y Marvin… bueno, él está perdido en sí mismo. Algo le atormenta y lo vuelve un obstáculo fácil de evitar.

—¿A qué te refieres?

El demonio sabía que preguntaba por Marvin, después de todo, eran uno. Aunque hubiera una gruesa línea que los distanciaba.

—Lo he observado y vigilado durante mucho tiempo. No sé qué es, pero algo nubla su mente y oscurece su corazón. Puedo sentirlo, Víctor. No te será de ayuda, nadie podrá evitar que te controle —se mofó.

—¿Lo has vigilado? ¿Cuándo? ¿Cómo es eso posible?

La cabeza del detective daba vueltas. No había tomado ni una sola gota de alcohol y, sin embargo, sentía un mareo como si estuviera sufriendo una profunda y prolongada borrachera. Pero no era nada de eso, solo su mente perdiendo la cordura. Abrazando una locura que podría resultar perceptible para cualquiera que lo observara.

Mientras el detective continuaba gritándole al espejo, hablándole a nada más que a su propio reflejo, un hombre entró en los baños. Desconocido para Víctor y para el propio demonio, solo una mera coincidencia. Un hombre en un bar que ha bebido la suficiente cerveza para que su vejiga comience a ceder y reclamar atención. Pero un repentino temor tuvo más fuerza. El miedo de ver a un hombre luchando con ningún adversario, insultando a alguien que jamás respondería porque no estaba ahí y viéndolo golpear el cristal del espejo con un puñetazo, dejando una mano sangrante y unos ojos rabiosos y desorbitados.

«Este tipo perdió la cabeza», pensó el hombre al observarlo y, por un instante, él sintió pánico al pensar que ese arrebato se debiera a algo que bebió. Desistió de orinar, pero no se largó del baño, sino que llevó dos dedos a su garganta, hasta sentir el contacto con la campanilla, y vomitó todo lo ingerido esa noche, ahí en el suelo que había pisado la demencia. Salió corriendo, dejando a la puerta en movimiento, se acercó a los colegas con los que había decidido salir en una juerga nocturna y, agitado les dijo:

—Larguémonos de aquí. Este lugar es un manicomio.

Ellos se burlaron de su estado, de su corbata y camisa arruinadas por el vómito, pero al notar la urgencia en la mirada del hombre asintieron y se marcharon, mientras un detective seguía debatiéndose entre continuar con un caso o quitarse la vida. Luchaba con su demonio interior.

—Víctor, querido, tu error es pensar que he regresado días atrás. Pero no es así, hace ya muchos meses que llevo despierto.

El detective miró sorprendido a su reflejo, sin poder decir palabra alguna.

—¿Cómo crees si no, que fui capaz de aliarme con los irlandeses para matar a tu amigo, Don Feliciano Francesco?

—¿Los irlandeses? —preguntó.

—¡Ni siquiera sabes eso!

El demonio se giró dándole la espalda a Víctor, por lo que el propio detective también lo hizo, cambiando el peso de una pierna hacia la otra, sobre las sucias baldosas en los baños de un bar ilegal. Luego, Víctor y el demonio se volvieron a enfrentar y este último continuó hablando.

—Mientras tú te lamentabas en esa apestosa casucha, yo planeaba mi retorno. Mi conquista de tu mente y alma. Sabía que debía eliminar a tus amigos, pues ellos eran los únicos que sabían de mi existencia. Así que busqué a los irlandeses. Al principio costó convencerlos de la sinceridad de mi búsqueda por una alianza, pero cuando lo hice comenzamos a planear el golpe contra la familia Francesco.

»Sin embargo, sabía que debía actuar con rapidez. Tu estado era frágil y la opción de un suicidio te parecía cada vez más tentadora. Entonces...

—Entonces mataste a mi hermana para sacarme de ahí y poder darle vida a tu plan. Tú... No —Víctor de pronto se horrorizó, dejando escapar un chillido. Se tapó la boca con una mano y sus ojos parecieron agrandarse—. Yo... yo maté a mi propia hermana —concluyó.

—No —zanjó el demonio con frialdad—. Francesco me acusó de lo mismo, ¿por qué siguen pensando así? En fin, eso no fue más que una bella e inesperada coincidencia.

—¿Bella? ¡¿Cómo ves belleza en la muerte de mi hermana?!

—Porque nos ha unido Víctor, o nos unirá —respondió sonriente.

El detective observó a su reflejo como si lo considerara un loco. Un desvergonzado embustero.

—¿No lo ves? Ese es el punto de todo esto. ¿Por qué te hablaría si no? ¿Por qué te contaría todo lo que he hecho contigo si en realidad no quisiera amistarme contigo? —el demonio no esperó respuesta, siguió hablando sin dejar un hueco para interrupciones—. Estás cayendo, cada vez más tu voluntad se desploma. No puedo dejar que te mates antes de que la haga mía y tampoco permitiré que alguien más te ponga las manos encima. Hay otro jugador en el tablero y no pienso tolerarlo. Unamos fuerzas, Víctor. Combatamos a este asesino, a ese sucio que te arrebató a tu hermana.

—¡No! —sentenció—. Al final será lo mismo de siempre, solo quieres el control. No es ayuda lo que ofreces, sino una alianza para eliminar un obstáculo que te estorba. Pero luego, cuando ya no esté, ese obstáculo seré yo.

El reflejo aplaudió, echándose a reír.

—Veo que tu mente no sigue tan apagada como creía. Muy bien, querido detective. Me has renovado el entusiasmo —repuso, sonriente. Humedeciendo los labios con su lengua.

—Estás enfermo —masculló.

—¿Yo? —preguntó fingiendo sorpresa—. ¿Quién está hablando con su propio reflejo?

Víctor enfureció y, apretando su mano hasta formar un puño y clavarse las uñas en la palma, golpeó el vidrio del espejo, agrietándolo e hiriéndose todavía más.

—¡Vete! ¡Déjame en paz! —bramó.

El reflejo seguía ahí, sonriendo. Con su imagen distorsionada por los cristales rotos.

—Me necesitas —afirmó.

—¡No, no, no! ¡Vete!

—Jamás me iré... Jamás me iré de ese rincón

oscuro de tu alma.

—¡Por favor, vete! ¡Vete! ¡Ve...!

—Basta —exigió una voz.

Alguien tomó a Víctor por el brazo, deteniendo los golpes. Era Mauricio.

—Tus gritos se escuchan en todo mi bar y estás ahuyentando a muchos clientes —declaró, disgustado. Suspiró, liberando un poco del enojo soltando el aire que sentía atorado y continuó hablando—: Mira, por lo general pasas desapercibido. Pagas todo lo que tomas, algo que no puedo decir de muchos de aquí, así que entiendo si hoy algo ha alterado esa tranquilidad. Pero no puedo dejar que sigas haciendo esto en mi bar. ¡Solo mírate, por el amor de Dios!

Víctor lo hizo. Su mano ensangrentada, con varios vidrios clavados y agujereando su piel. Cristales rotos esparcidos por las baldosas del baño y el espejo roto en varios pedazos. La forma de su puño estaba bien identificada en esta.

—Yo... lo siento —musitó, el detective.

—Está bien, te perdono. O lo haré cuando te marches. No puedes quedarte aquí esta noche, vuelve cuando te hayas recuperado y busca ayuda competente.

Víctor forzó una sonrisa. Él mismo se había considerado un buen detective y, sin embargo, sentía estar dando vueltas en círculos. Sin hallar una sola pista útil para encontrar al asesino de su hermana y hundiéndose cada vez más en sus propias desgracias. Luego de salir de la cantina ilegal, se marchó a su casa. Necesitaba descansar y pensar en todo lo ocurrido hasta el momento. Necesitaba planear sus próximos pasos. Aun así, parecía que no lo tenía permitido.

Demian Miller, su compañero añadido a la fuerza por Marvin, se encontraba en la entrada, apoyado sobre la puerta de un automóvil gris.

—¿Qué haces aquí? ¿Dónde has estado?

Demian sonrió y dejó caer el cigarrillo que fumaba, apagándolo con la planta de su zapato.

—Saludar no te haría mal —repuso.

Víctor lo miró con cara de pocos amigos y Demian volvió a sonreír.

—Estuve leyendo el informe del forense y durmiendo. Algo que te recomendaría hacer, compañero. Estás hecho un desastre. ¿Qué le ocurrió a tu mano?

—Nada importante —dijo guardándola en el bolsillo de su gabardina. La tenía vendada. Antes de marcharse del bar, Mauricio le había administrado unos rápidos y torpes primeros auxilios que lo ayudaron a parar la pérdida de sangre, extraer los vidrios y calmar un poco el dolor que le producían las heridas abiertas—. Pretendía dormir unas horas, pero te pusiste en mi camino.

—Lo siento, Víctor —dijo con sinceridad—. Parece que tendrás que aguantarte un poco más.

—¿Qué ocurre?

—Es Marvin. Tengo malas noticias —admitió—. Sube, te explicaré en el camino.

—La última vez que me dijeron eso, encontré a mi hermana asesinada en una iglesia. Dime ahora ¿qué pasa?

Demian no respondió. Se subió al automóvil esperando por él, pero antes le enseñó una mirada que hablaba por sí misma:

«Prepárate para lo peor».

Víctor lo intentó. No pudo. Nadie puede prepararse para una traición.

XVII

29/30 de Octubre, 1930

Todo vuelve a repetirse. La vida y la muerte, pertenecen a un círculo de finales y nuevos comienzos. A veces también las acciones que producen cada una de estas, suceden al igual que lo hicieron antes.

Un vehículo se ponía en movimiento, en una esquina cercana a una iglesia que fue usada como escenario de un asesinato, y lo hacía justo después de entregar una bolsa a un detective corrompido. Un negro espiaba el intercambio escondido, desde una distancia que creía segura y apartada. Pero no lo era. Al menos, no para la familia Francesco. Ocultos en dos Citroën C6, observándolos a cada uno como lo haría un depredador del cielo, siguiendo a su presa en un terreno donde se sentía segura y cuanto más durara ese sentir, más vulnerable se volvería. Por eso esperaban. Algunos con las manos en el volante, otros apretando las ametralladoras Thompson contra su cuerpo y los que quedaban con binoculares pegados a los ojos, aguardando para dar la señal. Sus dos objetivos estaban juntos en un mismo lugar, era la oportunidad perfecta, sin embargo, también la falla podría resultar devastadora, si no la aprovechaban de manera adecuada. Además, existían muchos factores a tener en cuenta. Si atacaban a los irlandeses y a Víctor al mismo tiempo, este último podría escabullirse cuando los demás respondieran al fuego enemigo. Si se concentraban solo en el detective, la familia rival tendría presente las intenciones enemigas, así escaparían y se prepararían para una guerra que, todavía, no sabían que estaban librando. No eran tontos, después de matar a Feliciano debían de estar esperando algún tipo de represalia, pero Carlo estaba seguro que no esperaban una tan pronto y, mucho menos, en ese lugar.

El dichoso plan, formulado por el nuevo Don de la familia Francesco, junto con su fiel amigo Vito Mancini, comenzaba a cobrar sentido y Martillazos, después de haber sido honrado con liderar una parte de este, se prometió no cometer ni el mínimo de los errores. Los irlandeses eran pocos, pero su hambre de poder valía por el de cinco hombres. Siempre codiciaron lo más alto, los Francesco lo sabían. Si ellos caían, esos buitres serían los primeros en reclamar su botín. Martillazos suponía que por eso mismo habían aprovechado la pequeña ventana que Víctor les había abierto y, también por eso, el detective, o el demonio que residía en él, los había utilizado. Según comprendió, Feliciano era un obstáculo, sin embargo, el resto de la familia no presentaba un problema. Era probable que sus antiguos aliados fueran convencidos que sin el Don, la familia caería. O al menos sufriría en un preocupante desequilibrio. Algo que aprovecharían para convertir a los demás grupos que estaban bajo la sombra de los Francesco, se levantarían en armas contra ellos. Conversaciones que seguramente ya habían comenzado a llevarse a cabo.

En definitiva, los subestimaron. Los irlandeses, Víctor, todos. Ese fue su error. Cuando el automóvil de los irlandeses se marchó del lugar, luego de entregarle algo a Víctor en las manos, Giuseppe "Martillazos" Lazio le dijo a sus acompañantes que lo siguieran y, deseando a su vez, que el negro que espiaba a Víctor tuviera también una cuenta a saldar con el detective, eliminando así a sus dos enemigos potenciales sin haberse manchado demasiado las manos.

La sede de sus enemigos no resultaba desconocida para ellos. Se consideraba una cortesía, al formar alianzas, el invitar a una cena a los altos miembros de la otra familia en su casa. Mostraban que siempre estarían con las puertas abiertas con ellos y a su entera disposición, con el fin de hacer crecer los negocios en común. También funcionaba como una declaración:

«Si me atacas, sabré dónde venir a buscarte».

Por eso Giuseppe Lazio y los hombres que tenían a cargo seguían a ese automóvil, para mostrar la obviedad de una venganza.

Con las luces bajas y manteniéndose a una prudente distancia, pasaban como vehículo inofensivo y con un conductor lento al volante. Era esa inocencia lo que los delataba y fue también esa misma inocencia la que hizo detener al automóvil de enfrente en una estación de servicio, que bajara un hombre de sombrero y gabardina negra y solicitara el uso del teléfono.

—Jefe, nos están siguiendo —supuso Martillazos que diría a través del largo tubo de metal.

Luego el hombre recibiría algunas instrucciones y ejecutarían un plan que estaban ansiosos por poner en funcionamiento. Sí, los conocían muy bien o, mejor dicho, Carlo Francesco. El nuevo Don llevaría el cargo no por simple herencia, sino por verdadero mérito. Había observado y aprendido de su viejo desde que tenía conciencia, desde que había dado con ese mundo. Se nutrió de los errores y logros de sus mayores para algún día honrar el camino que habían dejado trazado e intentar hacerlo mejor. Recordaba que fue Carlo quien se acercó aquella noche en el bar, le había puesto una mano en la camisa salpicada con sangre y le había susurrado en el oído:

—Tengo el trabajo perfecto para ti. Quisiera presentarte a mi familia.

Giuseppe se había sorprendido con la falta de horror en los ojos de ese hombre y la tranquilidad que había manifestado en su lugar, acompañada de una sonrisa maléfica. Él también fue el único que comprendió su dolor. Su mujer lo había engañado con ese sucio camarero, los escuchó una noche. Gemían en su propia cama y él tuvo que armarse de valor y paciencia para marcharse y esperar por la oportunidad perfecta para su venganza. Fue una acertada decisión. Poco tiempo después interceptó sus cartas, planeaban entregarlo a la policía por beber durante la prohibición. Todo para quedarse con lo que era suyo, inclusive sus hijos, ellos estaban de acuerdo. Todos conspirando en su contra. Entonces los mató. Cuando supo que se reunirían en ese bar, los sorprendió y los golpeó con un martillo viejo y oxidado, por lo que debieron ser muchos los golpes para quebrar sus traidores cráneos. Y Carlo Francesco estaba ahí, lo vio y reconoció su valor. Lo llevó a conocer a su padre y el resto es historia. Sí, Giuseppe no dudaba ni por un segundo de la grandeza de esa familia.

Sin embargo, con los irlandeses se contaba una historia muy diferente. Siempre estuvieron a la sombra de los Francesco, eso era cierto, pero nunca fue por desprecio o engaño. Cumplían el rol que sus capacidades le permitían. Se nutrían de los logros y fracasos de los que estaban por encima, eran carroñeros que no desperdiciaban ni un solo bocado de lo que caía frente a ellos, pero no eran productores, ni creadores. Estaban en un tablero de juego y sin saberlo, pues no entendían que el peón puede alcanzar y matar al rey, mas no convertirse en uno. Giuseppe observó al hombre de la gabardina negra regresar al automóvil, que no había dejado de mantener el motor en funcionamiento, y sintió un golpe de lástima. Estaba a punto de morir y no lo sabía, creía que ganarían esa batalla, cuando en realidad la habían perdido en el momento que decidieron participar en ella.

«Idiotas desde el inicio —pensó con repugnancia a sus adentros—. Atacar un automóvil en movimiento con otro solo lograría la posible incapacidad de tus hombres. ¿Y si el accidente salía mal? ¿Si eran los atacantes los más perjudicados en el choque? ¿Qué pasaría?».

Los Francesco no se arriesgarían a tentar a la suerte. No, ellos depositarían su confianza en lo que había permitido a algunos hombres erguirse sobre el resto de la humanidad. En aquello que utilizaron sus compatriotas para sobrevivir en un mundo en guerra y lo que usaron los anteriores a ellos para expulsar a los conquistadores: las armas de fuego.

Los hombres dentro del automóvil de Martillazos, y los que estaban en el que iba detrás de ellos, abrazaron sus ametralladoras Thomson con firmeza, como si desprenderse de su contacto también sería hacerlo del calor de la vida. Vito ordenó al conductor pisar el acelerador y apagar los focos. Cuando el manto de la muerte estaba cerca, la oscuridad gobernaba. Los irlandeses aumentaron la velocidad. Sabía lo que se cernía sobre ellos. La persecución había comenzado. No duró demasiado.

El segundo automóvil rebasó al primero, con tres

hombres, medio cuerpo hacia fuera, empuñando unas pesadas armas. Dispararon. Los vidrios traseros del vehículo de los irlandeses comenzaron a resquebrajarse mientras, inútilmente, zigzagueaban intentando eludir los impactos. Ellos copiaron a sus atacantes y parte de los hombres salieron por las ventanillas, con pistolas en mano y disparando a sus perseguidores. Pero atacaron a los del segundo vehículo, justo como los del primero esperaban. Protegieron a sus compañeros, balearon a los que trataban de defenderse. No los mataron, pero impidieron que siguiera saliendo y arriesgando sus vidas con ello.

La protección de un auto que parecía manejado por un conductor borracho era lo que separaba a los irlandeses de la vida y la muerte. Hasta que las llantas estallaron. El vehículo giró por el aire. Impactó contra el duro asfalto de la carretera. Rodaron.

Una... Dos...

Tres veces.

Un automóvil humeante yacía incapacitado, con el techo apoyado en el suelo y lo que quedaba de las ruedas girando con un ruido chirriante.

Ocho hombres de la familia Francesco descendieron y, sin decir palabra alguna, descargaron sus armas hasta que el último de los casquillos cayó, dejando nada más que un rojo y un dorado brillante en la oscura carretera. Luego esperaron.

Uno de los irlandeses se arrastró fuera del vehículo, jadeando. Era el conductor. La sangre caía desde su frente mezclándose con el sudor y las lágrimas. No había hombre que no llorara ante las puertas de la muerte. Tenía una pierna rota, al igual que el brazo, y un fierro clavado en el costado de su abdomen. Solo se mantenía vivo por pura obstinación. Giuseppe se acercó a él, alzando la mano hacia los hombres que lo acompañaban para negar cualquier intento de asistirlo.

—El Don te envía saludos —dijo, con el cañón de un revolver apoyado en el cráneo del moribundo.

—¿El Don? —el irlandés rió, tosió y escupió sangre por el esfuerzo—. El Don está muerto y pronto lo estará quien sea que lo haya suplantado.

—¿Por qué lo crees? ¿Planean invadir su casa mientras nosotros estamos aquí? —chasqueó la lengua—. No me preocuparía por eso. Él los espera y sabe defender muy bien su casa.

El hombre se volteó para observar a Giuseppe Lazio con ojos cargados de terror y sorpresa, ojos que habían descubierto que fueron engañados. Los de la decepción del esclavo, al saber que nunca hallará su libertad y que esta solo podía ser encontrada con la muerte.

Él se la concedió. Apretó el gatillo.

El trabajo había terminado.

XVIII

31 de octubre/ 1 de noviembre, 1930

¿Por qué se sentía tan molesto? ¿Era acaso por la traición? ¿Por un nuevo asesinato cometido? ¿O por las revelaciones del demonio que dormía en su interior? Víctor entendió que no se debía a nada de eso.

«Me he vuelto despistado», se dijo, parado frente a su amigo arrodillado, con las manos juntas y levantadas, sollozando y suplicando por absolución. Lo que más hacía enfurecer al detective era su propia inutilidad. Desde que había comenzado el caso y había abandonado esa arma... ese último vaso de gin, no hizo más que caminar a ciegas golpeándose y cayéndose en el camino una y otra vez. No había dado con ninguna prueba que lo condujera a algún lugar. Pero, no. Peor que eso. ¡Ni siquiera las había buscado!

Más que ir a visitar a Feliciano y su casa de prostitución, no hizo más que lamentarse de sí mismo. Sabía que Demian, su compañero, había consultado al médico forense por las mutilaciones realizadas en el cuerpo de su hermana, y era probable que también hubiera investigado la relación de ello con el mensaje dejado en su automóvil, o del hombre negro que yacía muerto a centímetros de él.

«¿¡Acaso si quiera he preguntado qué averiguó desde entonces?! —se criticó—. No he dejado de cuestionarme por qué no me disparé, ignorando el llamado a mi puerta. No he dejado de lamentarme por el demonio que hay en mí, ignorando lo que en verdad importaba». «¿Será tarde para empezar ahora? ¿Aún tendré alguna posibilidad de atrapar a este asesino, ahora que...?»

—¿Por qué lo has hecho, Marvin? Has entregado a mi hermana, me traicionaste a mí y al cuerpo policial. Tus manos están tan manchadas como las que empuñaron el cuchillo que cortó la piel de ese muchacho.

—Lo sé, Víctor. Lo sé —admitió, llorando. Lamentando cada acción irreparable que había cometido. Su peor temor se había hecho realidad—. Si supieras cuánto lo lamento. Si supieras que no lo he hecho más que por amor y no por maldad o codicia.

—Habla, entonces. ¿Cómo quieres que entienda si no me dejas ver lo que hay en tu mente?

Marvin apartó la mirada y con la manga de su saco se limpió las lágrimas de su rostro.

—Habla, Marvin —insistió—. Si hay un verdadero motivo para tus descaradas mentiras, dilas ahora y tal vez podré ayudarte.

El detective tomó las esposas metálicas de su cinturón, listo para apresar a su amigo si este no respondía la petición. Quería hacerle entender que no dudaría en llevarlo a una oscura y deprimente celda. Lo trataría como a cualquier otro sucio criminal... A menos que le diera un motivo para no hacerlo. Claro, no estaba seguro si tenía la autoridad para hacer algo así, pero a ese punto, esos detalles poco importaban.

Marvin ansiaba responder a la pregunta de su viejo amigo, reclamar y suplicar por su ayuda, pero se sentía observado. Acosado por los ojos de los colegas a los que había traicionado y del público que no había logrado detener y ya se había reunido para chismorrear de lo ocurrido.

—¿Podemos hablarlo en privado? —pidió con voz débil—. ¿Me concedes esta última petición?

Víctor suspiró y de mala gana asintió.

—Demian, disculpa que otra vez te deje en las sombras, ¿podrías concederme un momento?

—Claro, tú estás al mando después de todo —repuso el muchacho—. Hablaré con el resto del equipo para saber si pueden arrojar algo de luz a todo esto. ¡No tenemos nada, Víctor! Deberíamos hablar con la familia Francesco, tal vez alguno de ellos sobrevivió y pudo presenciar el asesinato de su jefe.

—Ese sujeto que mató a Feliciano, no es el mismo que atacó a Emily y a este hombre.

—¿Cómo lo sabes? —inquirió, sorprendido.

Víctor agitó la mano quitándole importancia al asunto.

—Luego compartiremos hallazgos, ahora necesito un minuto a solas con Marvin.

Demian se alejó a regañadientes, molesto por la exclusión. Aun así, logró apaciguarse cuando recordó que su mandato era algo temporal. En cuanto cerraran el caso, satisfactorio o no, él se convertiría en el detective principal del cuerpo y D´angelo volvería a su retiro.

—Vamos, ya nadie nos escucha. Habla, Marvin. ¿Por qué me has traicionado?

—Nunca he estado de tu parte, Víctor —reveló con amargura—. Desde el comienzo no he sido más que una marioneta de ese loco. De ese sádico enfermizo. Incluso que formaras parte de este caso fue una proposición de ese tipo que se hizo llamar a sí mismo: El Cobrador de Deudas.

El detective no pudo hacer más que observarlo.

No lo interrumpió en ningún momento. Quería hacerlo, no sabía cómo.

—Es mi familia, Víctor. Los tiene a todos. Susan... los niños... ¿Qué podía hacer? ¿Qué podía hacer más que obedecerle si tiene a mis pequeños, Víctor?

Marvin se arrojó al piso, suplicando como un mendigo, agarrándose de la gabardina del detective y llorando a mares. Víctor lo comprendió. Imaginó a la familia de su amigo encerrados en algún oscuro sótano: sucios, asustados, mal alimentados, golpeados y... quién sabe por cuál otro calvario habrían estado pasando desde que empezó toda esa locura. Y lo que era aún peor...

—Trabajé para ese asesino para mantener a mi familia a salvo. Eras tú o ellos, no hay comparación. ¡Tienes que entenderlo! ¡No hay comparación! —exclamó—. Pero ahora, con este nuevo asesinato, no puedo saber qué será de ellos. Los he perdido, ha matado a mi familia.

—No, amigo. No lo ha hecho —afirmó.

—¿Qué quieres decir?

—Piensa, ambos hagámoslo como no lo hemos hecho desde que empezó toda esta locura —propuso—. ¿En verdad crees que matará a tu familia?

Marvin quedó con la mirada perdida en un punto fijo, pensativo. Sus ojos se abrieron e iluminaron, al conectar las cavilaciones que rondaban en su mente.

—No, no lo hará —aseguró—. A pesar de haberme expuesto de esa forma, de haber vuelto a matar y desechar su espía interno, aún puede usarlos en mi contra. Todavía los necesita vivos.

—Exacto, viejo amigo. Y mientras sigan vivos podremos hallarlos. Te juro que los salvaré, Marvin.

Asintió en señal de agradecimiento.

—¿Qué haré yo mientras tanto? Víctor esbozó una media sonrisa.

—Nada. Lo siento, pero quedas fuera de esto.

—Pero dijiste…

—Cometiste una traición, Marvin. Tus acciones han matado a un hombre —dijo señalando al cadáver, que ya comenzaban a ponerlo dentro de una bolsa negra y lo apoyaban en una camilla para llevarlo hacia la morgue—. Que seas mi amigo y aunque te haya prometido que haré lo posible para rescatar a tu familia, no cambia el hecho de que has cometido un crimen. Uno que podría darte muchos años de prisión.

Marvin no protestó, inclinó la cabeza a la espera de su sentencia. El detective Víctor D´angelo hizo señas a dos hombres con el uniforme azul para que se acercaran.

—Llévenselo de vuelta a su casa —ordenó—. Cuando todo esto termine, le encontraremos una celda cómoda y privada, algunos lo reconocerán. No quiero más muertos y menos uno de los nuestros.

Ante esa última frase, los dos policías hicieron una mueca de desagrado. Por lo que Víctor tuvo que hablarles con mayor brusquedad:

—¡¿Han entendido?!

—¡Sí, señor! —respondieron al unísono.

Si carecía de autoridad, no se notó. Cuando Demian vio a los hombres marcharse con Marvin de arrastre, se acercó al detective.

—¿Continuamos con el caso? —quiso saber.

—Sí… No… Espérame un poco más. Necesito hacer algo —dijo. Al ver la expresión molesta de Demian por seguir manteniéndolo al margen, agregó—: Enseguida vuelvo, compañero.

Demian asintió, se encogió de hombros y tomó un cigarrillo de la caja guardada en el bolsillo de su gabardina. Víctor echó a andar hacia el automóvil patrulla en el que habían llegado a la escena del crimen, encendió el motor y se largó con rapidez. Demian también tendría que conseguirse otro transporte.

El detective D´angelo llegó de vuelta a la cantina clandestina de donde había sido casi echado a patadas, y con buenas razones. No estaba del todo seguro de regresar ahí, pero sentía que debía de hacerlo. En la entrada no lo dejaron pasar. Insistió, pero incluso así no sirvió de nada. Fue necesario sacar su placa y decir:

—Debo hablar con tu jefe. Es sospechoso de infringir la Prohibición.

—Mierda, D´angelo. Te estás pasando —bramó el guardia Volvió con Mauricio, el cantinero y dueño del establecimiento.

—Destruyes mi baño, ¿y ahora vienes a amenazarme?

—Estaba atado de manos, no me dejaba pasar —respondió Víctor, encogiéndose de hombros.

—¿Qué quieres? —preguntó cortante. El detective sonrió.

—Me dejé algo en el baño.

Mauricio refunfuñó y señaló la entrada, dejándole paso.

—Que sea rápido.

—Por supuesto, buen señor.

Víctor se encaminó al lavabo de la cantina ilegal y, una vez allí, se apoyó en los bordes del lavamanos y miró con seriedad el espejo que él mismo había roto. Casi enseguida, su reflejo se distorsionó y la sonrisa del demonio tomó su lugar.

—¿Me buscabas, detective? —preguntó burlón.

—Sí —confesó Víctor. Hablando con la misma voz, pero sonando tan distinto que parecía provenir de una persona diferente—. Quiero una tregua. Ayúdame a atrapar al asesino de Emily.

XIX

30/31 de Octubre, 1930

El humo llenaba sus pulmones. Con cada pitada sentía el recorrido de la nicotina hacia lo más profundo de su organismo y luego soltaba el aire en un infinito placer. El cigarrillo se consumía así como lo hacía el tiempo con el avance del segundero en el reloj. Cuando terminaba uno, lo dejaba caer en el césped y lo aplastaba casi de inmediato con el pie, extinguiendo la poca llama de vida que le quedaba. Estaba nervioso y fumar lo calmaba. Necesitó ponerse un saco largo y grueso, de un impenetrable algodón. Aún faltaba tiempo para la llegada del invierno, pero el clima había comenzado a tornarse helado. Ya no eran tiempos para la delgada camisa con tiradores y el pantalón fino, aunque elegante. El saco estaba abotonado, cubriendo y protegiendo su cuerpo. Sostenía el cigarrillo con las manos con guantes. Eso le molestaba. Prefería sentir el cilindro blanco con sus dedos. Aun así, el fuego era el mismo, le daba el calor que necesitaba. Hacía frío y fumar le evitaba temblar.

El humo tóxico expulsado por los caños de escape de los automóviles, revelaban su proximidad. Al principio parecían un mar de metal, surfeando sobre la carretera. Pero mientras más se acercaban, mientras más se veían las luces de las farolas encendidas y se escuchaba con mejor claridad el rugido de los motores, pudo reconocer a sus enemigos y que su objetivo era invadir su hogar. La familia Francesco no estaba a su lado, Carlo permanecía solo junto al consigliere de su padre y también su hermano, Vito Mancini. Él tenía miedo, no como Carlo. No podía, aunque quisiera, no debía permitirse sentir temor. Necesitaba ser la pared en la que toda su familia se resguardaría sintiéndose a salvo. Por eso fumaba.

La muerte pisaría sus terrenos y fumar lo preparaba para luchar.

—Se acercan —murmuró Carlo.

—Los veo —respondió Vito.

—No todos sobrevivirán.

—Lo sé, estoy preparado para ello.

—No tienes por qué hacerlo. Puedes irte. Como tu Don, te lo permito.

—Y yo, como tu hermano, me quedaré aquí. Moriré si hace falta, pero nunca me iré de tu lado.

—Eres un hombre fiel, Vito —admitió, apoyando una mano en su hombro y dedicándole una cálida sonrisa.

—Somos familia —repuso.

—Somos familia —repitió Carlo.

Carlo Francesco sostenía una pistola TT-30, enviada como regalo de sus amigos en el ejército rojo. El cañón apuntaba al suelo, un dedo apoyado en el gatillo y el arma ya amartillada. Su mano libre se apoyaba sobre la otra, como si tratara de transmitirle paciencia a la que sostenía la pistola.

Vito Mancini, a su lado, cargaba con una TOMMY GUN, un subfusil Thompson modelo 1928 con cargador de tambor. A diferencia de su jefe, él la apoyaba en su hombro en una actitud relajada, pero a la vez ansiando descargar las cien balas que ya estaban en su ametralladora.

Unos cinco automóviles se detuvieron frente a la entrada del terreno de los Francesco. Un largo camino de piedra recorría el radiante y verdoso jardín, desde la puerta de la casa de la familia hasta la mencionada entrada. Detrás de la casa había un pequeño huerto, plantas de algunas frutas y verduras. Un capricho de la esposa de Carlo o, tal vez, una forma de alejarse y distanciarse de las actividades de su marido. Ella sabía muy bien que él no se dedicaba a nada regulado por la doliente vara de la ley, pero tampoco le interesaba saber qué hacía con exactitud. En ese mismo instante, ni siquiera estaba ahí. Había ido a la casa de sus padres con sus dos hijos, Lois y Bruno Francesco.

Los irlandeses bajaron, dejaron las puertas abiertas y se resguardaron detrás de ellas y otros usando los mismos automóviles. Salvo uno. El jefe de los irlandeses, Martí McDonald.

Dio unos pasos al frente.

—No quería que terminara así —afirmó.

—Déjate de tonterías, Martí. Fuiste consciente de cada acción que tomaste. Mataste a mi padre y sabías las consecuencias que eso traería. No te importó.

El irlandés sonrió con malicia.

—El viejo debía morir —repuso—. Han estado en la cima durante mucho tiempo, alguien los tenía que hacer bajar. Alguien les debía mostrar que se habían vuelto débiles y lentos. Los negocios no han crecido, los Francesco no han evolucionado. Hay mucho mundo para tomar y no son capaces de verlo.

—¿Y tú sí? —preguntó Carlo, irónico.

Martí levantó los brazos y se giró hasta volver al mismo punto.

—No veo a nadie más aquí —dijo.

—Tu problema es la avaricia, no te deja ver con claridad —lamentó Carlo.

—Mi problema es la familia Francesco y hoy he venido para hacerla desaparecer.

Carlo asintió y luego le dedicó una mirada compasiva, como si hablara con un perro que quería volar con las aves. Martí estaba rabioso, lo habían visto con esos mismos ojos toda su vida y pretendía demostrar que estaban equivocados, nadie lo volvería a subestimar. El nuevo Don Francesco entendía el deseo de su enemigo y en una parte de su interior, esa parte comprensiva, sentía pena por lo que estaba a punto de suceder.

—Podrías haber tenido un futuro más brillante —le susurró cuando el irlandés le dio la espalda, volviendo con sus hombres.

Podría haberle disparado ahí mismo, pero no habría honor en tal acto y él era un caballero. O al menos eso quería demostrar.

Martí estaba a punto de reunirse con los demás y entonces Carlo levantó su brazo derecho, con la mano extendida, dando la señal. Había automóviles estacionados, justo al lado de los de los irlandeses, y carretas llenas de paja al cruzar la calle. Había hombres escondidos desde muy temprano en la mañana, hambrientos y sedientos, alimentados con pequeñas raciones que habían llevado mientras aguardaban. La emboscada podía llegar en cualquier momento y ellos debían estar preparados. Lo estaban. Ansiosos, desesperados por salir de esos apretados lugares. Como lo habían estado cuando fueron soldados en las trincheras, patriotas para algunos, supervivientes para otros.

Solo uno de los automóviles estaría vigilando todo el tiempo, el más alejado de todos, atento a la señal. Cuando lo vieron, los hombres de adentro salieron y comenzaron a disparar. Enseguida se sumaron todos los demás.

Las balas salían de la paja, de dentro y fuera de los automóviles. Los irlandeses respondieron al fuego, pero el resultado fue inútil. No lograron apuntar con eficiencia, la sorpresa de ver a sus camaradas caer uno detrás de otro fue demasiado. La sangre, los gritos, el aire cortándose en esas últimas bocanadas cuando se busca con desesperación sobrevivir. Ningún hombre estaba preparado para eso.

Era un campo de batalla y muchos de ahí lo sabían, habían luchado en la guerra y visto cuerpos cayendo hasta apilarse unos con otros. Luego habían dormido encima de ellos. La única diferencia era que esta masacre estaría limpia por la mañana.

Sin embargo, hubo uno de los irlandeses que sí logró responder a tiempo. Tal vez por ser el capo, por su vejez que cargaba con años de experiencia o simplemente porque estaba más alejado que los demás del campo de tiro. Martí disparó una única bala, pero dio en el blanco y fue letal. Solo una bala hizo falta para dar un duro golpe a la familia Francesco.

—Otro Don ha muerto bajo mi guardia —murmuró Vito Mancini, sosteniendo la cabeza de su hermano con una mano, limpiando la sangre que descendía en un largo y fino chorro desde el orificio que había quedado por ojo.

Carlo lloraba rojo. Vito en azul.

La bala entró y salió, atravesó el cráneo. Murió en el acto. Vito había admirado a Carlo, lo creía un hombre centrado que aplicaba una mano dura con su familia, pero buscando nada más que el bienestar de ella. Podía ser compasivo, poseía una mente clara y la avaricia nunca lo influyó. Sin embargo, sí lo hizo la arrogancia, algo que Vito jamás habría pensado hasta que lo vio esa noche y se convirtió en la razón de su muerte.

Carlo había ideado la emboscada perfecta. Tenía una firme seguridad de saber cómo actuarían los irlandeses, por lo tanto, dónde era necesario colocar a sus hombres ocultos. Afirmó que eso solo sería más que suficiente para matarlos a todos. Podían permitirse observar, no necesitaban ocultarse, ni protegerse. Los irlandeses caerían y ellos disfrutarían del espectáculo. Por eso Carlo y Vito estaban parados en la nieve, cargando sus armas, pero exponiendo sus cuerpos y vidas. El Don Francesco se creyó intocable, hacedor de un plan sin falla. Se equivocó y murió. Una bala llegó hasta él. Nadie es inalcanzable, no importa que tan alto esté.

La familia Francesco se acercó, dejando sus huellas en la nieve. Cráteres en la pureza blanca.

—¿Qué haremos? —preguntó una voz.

Vito Mancini no sabía a quién pertenecía, estaba inclinado sobre el cadáver, no podía verlo.

«Feliciano murió. Su único hijo de sangre también lo hizo. Carlo tenía dos herederos, una niña y un niño, ella de seis, él de cuatro, ninguno podía ser un Don. La esposa tampoco, siempre se mantuvo al margen, no sabía nada de los negocios. No queda nadie... Nadie más que yo».

—Le daremos un entierro adecuado, llamaremos a sus más allegados y celebraremos un velatorio.

—¿Luego qué? —preguntó otro, ansioso y preocupado.

Vito se volteó para mirar a la familia, aún inclinado y sosteniendo la mano de su hermano asesinado.

—Luego firmarán un nuevo juramento aquellos que deseen seguirme como el nuevo Don. Quienes permanezcan a mi lado, me acompañarán para eliminar al culpable de todo esto; el detective Víctor D´angelo.

—¿Es adecuado que el consigliere se convierta en el nuevo Don de los Francesco?

—No, no lo es. Pero los Francesco han muerto. Ustedes podrán ser bienvenidos a la nueva familia Mancini.

XX

31 de Octubre/ 1 de Noviembre, 1930

La noticia le llegó rápido.

Uno de sus periodistas había pasado por la escena de pura casualidad, enseguida corrió a una cabina telefónica y lo llamó para informarle. Quería saber si podía cubrirla. Estuvo a punto de darle pase libre, hasta que dijo algo que desquició a Phil por completo.

—Tu negro ha muerto.

Enseguida se arrepintió, recordando que era con su jefe con quien hablaba y no con los amigotes del bar. Pero ya era tarde para arrepentimientos, lo dicho y hecho no puede ser borrado. Todavía menos en ese caso. Phil había escuchado esa maldita frase desde el día que había acogido a Arthur Walker casi como si fuera su hijo adoptivo.

«Tu Negro».

Lo escuchaba siempre. Como si fuera otro mueble en su oficina, o su esclavo o... su puta. Sí, eso era lo que pensaban todos. Arthur Walker no era nada más que la perra de Phil Collins. Lo tachaban de homosexual, hambriento de la piel carbón y la carne oscura de los negros. Lo condenaban y susurraban sobre él en secreto, y era por su gran poder adquisitivo, incluso uno que se mantenía después del crac en Wall Street, y su posición como jefe en uno de los periódicos más importantes del país que no lo hacían también en público. Por esa razón no lo habían golpeado o matado en algún escondrijo, como ya habían hecho con otros que compartían gustos similares. Simplemente lo veían como el fetiche de un viejo rico y eso era suficiente para dejarlo pasar.

Phil nunca negó ninguno de esos rumores, no porque fuesen ciertos sino porque desmentirlos no serviría de nada. La gente amaba el cotilleo. Ver a peces gordos humillados o acosados, los divertía y distanciaba de sus aburridas y penosas rutinas. Phil estaba seguro de quién era él y quién era Arthur, no necesitaba rendirle cuentas a nadie. Ellos eran padre e hijo. Lo adoptó de niño y lo había criado desde entonces. Nunca supo por qué lo eligió a él de todos los niños huérfanos que había en las calles o en instituciones especializadas para eso. No estaba seguro si era amor, empatía o una forma de poner su granito de bondad en el mundo, pero jamás se había arrepentido de tal acción. Lo cuidó, le enseñó, lo puso en el sendero correcto y al final...

—Nada de eso fue suficiente, ¿verdad, hijo mío? —musitó Phil, detrás de la gente que observaba la escena del crimen, distanciado de la línea amarrilla que separaba la bestialidad de la civilización, la muerte de la vida, el mal del bien—. Te mataron como un perro e incluso de muerto te siguen tratando como tal. No pude hacer nada para cambiar lo que pensaban de ti.

Phil se quedó ahí como una estatua durante horas, observando todo junto a la gente que se había reunido en el lugar. Algunos se iban, otros nuevos aparecían, pero él seguía sin moverse. Hasta que ya no pudo hacerlo más. No fue cuando los forenses examinaban el cuerpo de Arthur acuchillado, ni al darse cuenta que habían escrito un mensaje en su cuerpo cortando su piel. Tampoco cuando lo cubrieron con una sábana blanca, lo levantaron en una camilla y mientras lo transportaban hacia la ambulancia uno de sus brazos se deslizó fuera y lo volvieron a meter debajo de esta, tocándolo con una expresión de puro asco. Ni siquiera fue cuando trataron con mejor cuidado al perro que también habían asesinado, que al hombre muerto. No, no fue nada de eso.

Lo que Phil no pudo soportar fue ver al detective Víctor D´angelo trabajando de nuevo en las fuerzas de la ley. Hablando con un detective novato, en apariencia, y con el viejo Marvin. Podía verlos en sus rostros, algo ocultaban, algo tramaban. Sobre todo ese novato que tenía puesta una mirada macabra en la escena y en Víctor, como si estuviera disfrutando de lo que estaba sucediendo. Todos parecían ser conscientes de lo que pasaba. Tal vez hasta ya sabían quién era el culpable y pretendían esconderlo... al igual que aquella vez.

Phil sabía todo lo que había ocurrido con Víctor y su demonio interior. Él trabajaba de reportero en ese tiempo y había dado con la gran noticia: «En la fuerza de la ley se encuentra el asesino que ha estado aterrorizando a la ciudad». Pretendía publicarla, pero alguien dio el soplo y le pidieron silencio. Lo que lo llevaba a otra gran noticia:

«Amenazas al periodismo. Quieren ocultar la verdad». Después de eso las peticiones ya no lo fueron. Golpes, sangre, datos de sus rutinas y direcciones de sus seres queridos. La verdad significaba la muerte. Las noticias ardieron en llamas, pero una llama oscura y sin oxígeno.

Nunca vieron la luz, nunca tuvieron vida.

Arthur había ido a plantear sus sospechas sobre esos nuevos crímenes que estaban azotando a la ciudad y Phil lo había ignorado, o algo peor. Le ocultó información. Si se hubiese involucrado más, si hubiese comenzado la investigación junto a su aprendiz tal vez aún seguiría vivo.

Pero no fue así como se dieron los hechos y Phil tampoco se permitía cargar con la culpa. Él seguía culpando a Víctor. Lo consideraba como el principal responsable, la enfermedad que contaminaba la ciudad y a todos los que se acercaban a él. Incluso a su propia familia.

«Mataron a su hermana y está ahí parado tan tranquilo, con ese aire de engreído que siempre parece rodearlo —se dijo asqueado—. Pero ya no más, todo el sufrimiento que ha causado se terminará ahora. Junto con él, lo haré pagar. No más periodismo, no más investigaciones, dejaré todo a la pura y fría venganza».

Mientras más lo veía hablar con sus colegas, más asco le producía. Los comentarios de la gente que estaba curioseando a su alrededor lo volvía todo aun peor: «¿Por qué tanto alboroto? Deberían tirarlo en una zanja y a otra cosa...» «Algo debió de hacer. Esta no es una zona para la gente de su calaña...» «Una pelea de ratas. Sí, seguro fue eso. Estos animales luchan por cualquier cosa y siempre andan armados...», decían.

Una acumulación de creencias y disparates se acumulaban entorno a él. Quería darle un buen puñetazo a cualquiera de ellos. No podía creer cómo incluso asesinado, Arthur seguía representando al mal. ¿Y por qué? ¿Por un simple color de piel?

«Cualquiera de estos ricachones tiene el corazón más negro que el de ese pobre muchacho. De mi muchacho», pensaba con amargura.

Phil se mordía los labios y apretaba los puños.

Debía resistir y apaciguar la rabia. No era prudente tomar ninguna postura violenta. No cuando tenía que observar con atención a su objetivo de venganza.

Víctor se estaba marchando de la escena y Phil pretendía seguirlo, pero vio algo más que captó su atención. Alguien también lo observaba y seguía sus movimientos, y no lo hacía como un simple espía. Había morbosidad en su rostro, los mismos deseos de venganza que él poseía. Un rostro cargado de un demente placer que nadie más podía entender. Parecía estar disfrutando de todo lo acontecido, planeando algo tan terrible que ni siquiera el mismo Satán era capaz de imaginar.

Entonces, esperó y observó al sujeto, tratando de mantenerse fuera de su vista.

Cuando Víctor se había alejado lo suficiente, el sujeto lo siguió, no sin antes colocarse una máscara de cortesía y amabilidad en ese rostro enceguecido por el desprecio y la furia. Se disculpó con los demás oficiales y luego se marchó, detrás de los pasos del detective.

Ese hombre era el asesino, no le cabía ninguna duda, y al igual que ocurrió con los últimos homicidios en serie, el culpable estaba justo delante de sus narices.

Phil vio algo más en ese posible agresor. Rasgos, ojos, la forma de la nariz y la postura al pararse. La ropa. Phil Collins vio un parentesco. Supo la verdad en ese instante y teorizó un razonable motivo.

Era natural pensar que debía resultar imposible dar con el culpable en una noche, solo observando una escena del crimen, cuando el cuerpo policial y detectives expertos, ya familiarizados con eventos similares, no pudieron hacerlo. Pero la diferencia de todos ellos con Phil era justamente su vocación.

Él era periodista. No buscaba un culpable, sino la verdad.

En ocasiones, el verdadero culpable de un crimen no cumplía los estándares que la sociedad requería. Por color de piel, religión, posición social o porque no era un cruel mafioso. Entonces se dejaba de buscar al autor de los horrores cometidos y se trataba de hallar a alguien que pudiera cumplir con ese rol. Para un periodista eso no funcionaba así. Había muchas ramas que caen lejos del árbol, por supuesto, pero Phil no era uno de ellos, ni tampoco ninguno de su periódico. Daban con la verdad y la exponían, doliera a quien le doliera. No les importaba el caos desatado o los cargos perdidos y puestos en cuestionamiento, solo una cosa: la verdad.

Sin embargo, a veces su vidas eran amenazadas y...

«No hay nada que me puedan quitar ahora. Ya no tengo nada que perder», se dijo Phil.

Con ese último pensamiento siguió a quién creía que era el asesino de su Arthur, quien a su vez seguía al detective Víctor D'angelo.

XXI

1 de noviembre, 1930

Víctor salió a paso veloz del bar ilícito sin darle ninguna explicación a Mauricio. Se despidieron con un saludo en el aire y el dueño del lugar suspiró a su espalda, tratando de imaginar si algún día lograría entender a ese hombre. Luego ordenó a sus empleados volver a sus obligaciones, pues se habían quedado chismorreando como viejas. Había comenzado a llover y el detective no llevaba paraguas, pero de igual modo decidió dejar su automóvil ahí y seguir a pie. Creía que el sonido de sus zapatos al chocar con los charcos formados en las baldosas y el frío que sentiría cuando su gabardina y sombrero se empaparan, le aliviaría el peso de sentir esa otra voz hablando dentro de su cabeza. No fue así.

—¿Qué haremos ahora, Víctor? ¿Tienes algún plan o caminarás hasta que te duelan los pies? —preguntó, burlón.

—He dejado que los demás hagan el trabajo por mí, es hora de manejar las riendas de este caballo.

—¡Muy bien! Fuerte, decidido, valiente; esa es la clase de hombre que quiero controlar.

Víctor refunfuñó y luego continuó hablando, haciendo caso omiso del comentario.

—Iré al médico forense. Quiero saber qué le dijeron a Demian, qué pudieron sacar del cuerpo de mi hermana y de los mensajes escritos. Debe ser muy temprano para obtener alguna pista del negro, pero al menos sacar algo de lo anterior. Me he quedado en las sombras demasiado tiempo.

El demonio respondió con algo que no esperaba.

—Demian Miller... Sí, ese chico nuevo, ¿verdad? —no esperó una respuesta—. ¿Qué sabes de él?

—Lo poco que me ha dicho Marvin, no mucho. Pero tampoco necesito saber nada más.

—Eres muy idiota, Víctor, si no eres capaz de ver lo que hay frente a tus ojos —dijo burlón—. Ahora entiendo porqué aún no has dado con el asesino. De hecho, ni siquiera sé cómo has podido llegar a ejercer de detective. Supongo que el paso de los años te ha vuelto lento de pensamiento.

—¡Cállate! No quiero escuchar tus burlas. Si piensas ayudar, hazlo. De lo contrario, permanece en silencio.

El demonio no respondió. Víctor había notado la gente que lo observaba a su alrededor. Había intentado mantener el tono de su voz bajo, pero un hombre que habla consigo mismo por la calle no pasa desapercibido. Un demente, un hombre con un demonio en su interior o con un trastorno que ni él mismo conoce. No reconocía o no entendía que cargaba con una enfermedad y no con un ser oscuro en su interior. Si él no podía comprenderlo, ¿cómo lo harían los demás? Uno de los pasos más difícil que deben darse para superar una enfermedad mental, es reconocer que se tiene una.

La tormenta se había convertido en una aprovechable casualidad. Menos gente transitaba por la calle, menos ojos lo juzgaban, menos bocas hablaban de su latente locura.

«Debí tomar ese maldito último trago», pensó con amargura.

—¿Sigues con eso? Creí que a esta altura ya lo habías olvidado.

—¡Ya cállate! Hemos llegado —dijo eso último bajando el tono de su voz frente a la morgue, no quería que nadie del otro lado lo escuchara hablar y luego lo vieran entrar sin ninguna compañía.

Al encontrarse con el médico forense, diseccionando el cadáver de Arthur con una morbosa sonrisa dibujada en su rostro, supo por qué había evitado ese sitio. De hecho, ni siquiera recordaba la última vez que lo había hecho. Ese tipo era un hombre desquiciado. Solo con verlo, el detective sentía asco. Lo tendrían que haber despedido muchos años atrás, antes de su retiro. Pero claro, no lo hicieron con él por volverse un asesino, tampoco lo harían con Stuart Gregor, el folla muertos. Recibió aquel apodo cuando fue sorprendido manteniendo relaciones sexuales, si se lo puede llamar así, con el cadáver de una muchacha. Uno de los guardias de turno lo encontró desnudo, con su bata de médico puesta, encima del cuerpo, sobre la fría plancha metálica donde hacía sus operaciones. El rumor se propagó como un virus, pero nunca llegó tan alto. Si lo hizo, no lo vieron más que como un repugnante rumor o algo para enterrar en el más profundo dc los pozos. Stuart nunca lo confesó. Siguió ejerciendo como si nada. Nadie hablaba directamente con él, enviaba informes detallados y continuaban las investigaciones a partir de estos. Aunque siempre había excepciones. Víctor no se conformaría con un informe, quería que le dijera todo lo que le había mandado a Demian y si sabía algo más.

«¿No estarás desconfiando de tu propio compañero? ¿Crees que dos podrían traicionarte el mismo día?», le había preguntado el demonio.

Víctor no había respondido.

—Stuart, ¿has encontrado algo del cuerpo de ese negro?

—Se llama Arthur, puedes llamarlo por su nombre.

«¡Vaya! El amante de los muertos te da clases de moralidad. ¿Quién lo diría?», dijo el demonio, volviendo a hacerse presente.

—¡Ya cállate, me tienes harto!

—¿Qué dices? —inquirió Stuart.

—Nada, olvídalo. Dime entonces, ¿has sacado algo del cuerpo de Arthur?

—No, al igual que Emily este cuerpo no me dice nada. Ni siquiera murieron de la misma forma. A la chica le cortaron al cuello y a este muchacho le dispararon por la espalda y luego... Sí, es claro que presentan una leve diferencia —dijo pensativo el forense.

—¿Cuál?

—Los mensajes que fueron escritos en su cuerpo. El de Emily fue hecho después de muerta, pero el de Arthur... supongo que se habrá desmayado por el dolor. Es difícil determinar si lo mataron los cortes o el disparo. No quisiera desearle a nadie esa clase de tortura.

—¿Ni siquiera a un negro? —intervino Víctor, aunque su tono de voz había cambiado. Por un breve momento, el demonio se había deslizado por su mente.

—Son personas, detective. Deberían tener los mismos derechos que nosotros y no ser tratados como si fueran escoria.

—Claro, entiendo. Ahora que está muerto, tienes un gusto diferente por él, ¿verdad? ¿Ya estuviste jugando con su entrepierna? —preguntó, burlón.

—¡Imbécil! ¡Vete a la mierda! ¡Sal de mi oficina ahora!

—No, no, espera —musitó Víctor, sacudiéndose

la cabeza—. No era yo, quiero decir, perdí la compostura. Es mi hermana, me tiene afectado.

Stuart lo miró con desconfianza.

—Deberías revisarte esa cabecita, detective.

—Sí, lo sé—farfulló—. ¿Qué le has dicho a Demian en el informe? ¿Lo mismo que a mí o algo más?

—¿Demian? —preguntó, desconcertado.

—Sí, Demian Miller. El nuevo detective. Postura algo encorvada, joven...

«Muy parecido a ti», aportó el demonio.

—Usa una gabardina —dijo Víctor a su vez.

—¡Oh! Sí, sí. Lo conozco, lo conocí en la academia. Solo que entonces lo llamaban el Castigador de Perros, supongo que es común eso de andar poniendo apodos a la espalda de los compañeros —repuso, sin dudas refiriéndose al suyo.

—¿Castigador de Perros? ¿Y eso de dónde salió?

—Sí, fue algo sorpresivo para todos nosotros. Lo mantuvimos en secreto porque fue una noche que salimos de copas y bueno, estábamos violando la prohibición, pero ¿quién no lo ha hecho ya?

—Continua —insistió.

—Supusimos que el alcohol lo torno un poco violento. Él salió primero del bar, mareado y queriendo vomitar. Pero cuando los demás también lo hicimos, lo encontramos haciendo algo más...

—Matando a un perro —supuso.

—Exacto. Pero era más que eso, estaba violento, enceguecido. Parecía estar disfrutando de castigar al pobre animal, cuando le preguntamos por qué lo había hecho simplemente dijo que odiaba a los perros. De ahí el apodo —reveló—. Supongo que es parte del cuerpo poner apodos a los nuestros, bajo cualquier eventualidad —volvió a mencionar. Víctor sabía que seguía refiriéndose al suyo propio. Le echaron ganas de reírse porque no podía creer que un médico diplomado pudiera ser tan estúpido, pero se contuvo y le clavó una mirada de frialdad.

—Te acostaste con un maldito muerto, Stuart. Creo que una mierda de apodo no se acerca ni a todo lo que te merecías que te hicieran. Tienes suerte que ni siquiera los familiares nunca se enteraron del suceso, de lo contrario...

—Ya, ya. ¿Qué tanto interés por el Casti... por Demian? ¿No será tu compañero solo por este caso, al menos eso es lo que se dice?

—No importa, solo dime qué más sabes de él.

—Nada, lo siento —admitió, luego alzó la voz al recordar algo—. ¡Ah, sí! Dijo que su madre había fallecido y que nunca había conocido a su padre, pero que no hacía falta hacerlo para saber que era una mierda de tipo si los había abandonado a su suerte.

—Gracias, Stuart. Cuando termines con Arthur, el informe envíamelo a mi ofi... a mi casa, ya conocen mi dirección aquí —se corrigió al recordar que no poseía una.

—Muy bien, detective. Así lo haré, se despidió.

De vuelta en la calle, Víctor comenzó a caminar. La lluvia había parado. Él aún seguía mojado. Metió las manos en los bolsillos de la gabardina, con la cabeza gacha, dando un paso detrás de otro hacia ningún lugar. No podía dejar de pensar en el perro muerto en aquel callejón, junto al cuerpo de Arthur Walker. El animal había recibido más daño que el hombre. Una violencia injustificada y demencial.

«Una madre muerta, un padre ausente, actitudes violentas y se parece mucho a ti», dijo el demonio.

—¡Cállate! ¡Cállate! ¡De una maldita vez, cierra la boca!

«¿De qué boca hablas, detective? Es la tuya la que pronuncia cada palabra, estoy en tu mente, no lo olvides».

Víctor se golpeaba la cabeza con las palmas y se frotaba las sienes, como si tratara de borrar al demonio. No servía de nada. Lo que era peor, sabía que tenía razón. La imagen de Demian venía a su mente una y otra vez, intercalándose con viejas fotografías que había visto de él mismo. Similitud. Había rasgos que no eran suyos, por supuesto. Pertenecían a la madre. ¿Quién era esa mujer? Solo alguien se le vino a la mente.

—Un romance en 1903, que fue mucho más que eso —escuchó decir a alguien, muy cerca de él.

Víctor se giró y se encontró con una pistola apuntándole. Demian la sostenía. El hombre portaba una gabardina negra y un sombrero gris oscuro, pero apenas se lo podía distinguir. Camuflado en la noche oscura y en la lluvia que empapaba sus ropas.

«Sorpresa, sorpresa», rio el demonio en su mente.

—Parece que por fin has dado con la verdad, D´angelo —lo felicitó el joven detective, sin apartar el arma—. Aunque me pone enfermo que hayan sido necesarios tantos empujes para que llegaras hasta aquí, pensé que eras más que eso. No eres más que un fraude.

—Demian, ¿por qué haces esto?

«El chico tiene razón, eres patético. ¿Por qué crees que lo hace?». Víctor ignoró la burla del demonio y Demian su pregunta, solo sonrió.

—Vamos, ha llegado la hora de tu confesión. Sube al automóvil — ordenó, señalando con el cañón de la pistola al vehículo de enfrente.

—¿A dónde quieres ir?

—Lo verás pronto. Todo termina esta noche.

XXII

1 de Noviembre, 1930

Víctor se sentó en el asiento del conductor, apoyó las dos manos en el volante y observó la pistola que apuntaba su cuerpo con el rabillo del ojo. Se preguntaba si podría abalanzarse sobre Demian lo suficientemente rápido para quitarle el arma, antes de que disparara. Sabía que no podría, ante cualquier movimiento brusco su compañero apretaría el gatillo, incluso parecía estar buscando una excusa para hacerlo. El demonio, sin embargo, lo alentó para que lo hiciera.

«Cabrón hijo de puta», se dijo para sus adentros.

«¿Qué? ¿Acaso no crees que confío en tus destrezas físicas? Dicen que los cincuenta son los nuevos veinte».

El demonio dejó de hablar, pero su estridente risa permaneció sonando en lo profundo de su mente.

—Arranca —ordenó Demian.

Víctor obedeció, ¿qué más podía hacer? Colocó la llave, la hizo girar y el motor rugió. Pisó el acelerador y el automóvil se puso en marcha.

—¿A dónde? —preguntó.

—La iglesia donde mataron a tu hermana. Perdón... seguía en mi papel —se disculpó—. Quise decir... donde maté a tu hermana.

El detective D´angelo se volteó por un breve segundo mientras conducía, fue suficiente para que Demian alcanzara a ver la mirada furiosa y sorprendida que le dedicó. De vuelta con los ojos puestos en la calle, preguntó:

—¿Quién eres realmente?

—¡¿Quién soy?! ¡¿Quién soy, preguntas?! —gritó furioso, sacudiendo el revólver delante de su rostro. Víctor tragó saliva, temeroso de que perdiera la compostura y disparara—. Eres un hijo de la gran puta, detective. No puedo creer que no lo notes, que ni siquiera recuerdes el apellido de la mujer con la que te acostaste y abandonaste a su suerte.

—Carol... —comprendió de repente.

—Sí, Víctor. Carol Miller —reveló—. Nunca mentí acerca de mi nombre, lo porto con orgullo. El problema es que se me fueron dados los dos apellidos de mi madre, mi padre nunca me reconoció. Nos abandonaste —lo acusó.

—No, no fue así. Le hice una propuesta, ella la rechazó.

—Una propuesta que no podía aceptar —replicó Demian—. No te importaba si se marchaba contigo o no, solo tu propio bienestar. Ese bello romance de 1903 fue para ti un juego, pero no mediste las consecuencias. La dejaste embarazada, sola, sin posibilidades de sobrevivir. Enloqueció y dejó de importarle con quién se mezclaba. La arrastraste a eso, murió por tu culpa en aquel accidente.

Víctor golpeó el volante con una mano, consumido por la ira.

—¡No! ¡No acepto tu acusación! ¡Es una excusa para justificar tu mente retorcida! —bramó—. Ella pudo haberme escrito una carta, llamarme o lo que fuese. Buscarme y decirme que esperaba un hijo mío, pero no lo hizo. Lo ocultó y sufrió por ello, no seré el responsable de su auto condena.

Demian rió. Soltó una carcajada y cerró los ojos por la euforia que le producía.

D´angelo creyó que podría tomarlo como una ventaja, pero notaba que aún mantenía firme la mano que sostenía la pistola. Además, soltar el volante no sería algo prudente. La calle no estaba transitada, pero sí resbalosa a causa de la lluvia. No tenía opción, debía seguirle la corriente.

—Lo hizo, detective.

Víctor no respondió. Afirmó sus manos sobre el volante, pues sabía que le revelaría algo que no le iba a gustar.

—Carol, mi madre, no pudo dar contigo, pero sí con tu hermana. Le escribió una carta con letras de desesperación y pedidos de ayuda. Ella le respondió con desprecio injustificado. Le dijo que se alejara de su familia y de ti, que jamás te diría nada acerca del niño. Que se deshiciera de él, porque no sería más que un veneno que dañaría tu futuro y carrera. «¿Y el de ella?», te preguntarás. Pues nunca le importó.

»Antes de que intentes defender a la puta de tu hermana, sí, esto es real. Yo mismo leí esa carta, jamás logró deshacerse de ella. La conservó con dolor hasta el final, nada más que para torturarse a sí misma. ¿Por qué otra razón lo haría?

»Pero ya nada de eso importa. Ella tuvo el castigo que merecía, así como tú tendrás el tuyo.

—No lo sabía, si lo hubiera hecho habría regresado. Habría estado ahí para ti.

—Me enferma que trates de engañarme, Víctor. ¿O acaso intentas convencerte a ti mismo? —lo increpó—. Tuviste tu oportunidad, pudiste haberle llamado o escribirle una carta en cualquier momento. Solo un ¿cómo estás? habría bastado, pero no te importaba. Nada más que tú y tu carrera.

No respondió. No había nada que pudiera decirse para hacerlo reconsiderar su postura. Era un venganza que venía planeando hacía meses, tal vez años, no habría forma de hacerlo desistir. Víctor lo sabía y, por lo tanto, solo veía una salida posible…

—Vamos, detente ahí —dijo señalando la acera con su mano libre, sin dejar de apuntarle con la pistola—. Hemos llegado.

Demian bajó primero, sin quitarle la vista a Víctor, vigilando cada uno de sus movimientos y atento a cualquier acción brusca por parte de él. Al salir, cerró la puerta del acompañante, pero dejó la ventanilla abierta para apoyar el cañón del revólver encima del vidrio. Cuando el detective salió, apoyó ambos pies en la calle y dio un portazo a la puerta, Miller ya le estaba apuntando a su cabeza, con el brazo estirado y encima del techo del automóvil.

—¿Es necesario todo este teatro? No lucharé contra ti, Demian. Menos sabiendo que eres mi hijo. Solo quiero respuestas.

Demian hizo una mueca.

—Algo que sé muy bien de ti, es la grandiosa habilidad que posees para mentir —afirmó—. Después de todo, has escondido tu doble personalidad a los ojos de toda la ciudad.

Víctor detuvo su caminata hacia la iglesia y se giró para mirarlo.

—¿Cómo sabes eso?

—Porque a diferencia de ti, soy un buen detective —afirmó—. ¿Crees que esto ha sido de un día para otro? Te he observado y estudiado desde que ingresé en la academia, incluso mucho antes. Necesitaba aprender, entenderte y buscar aliados.

—¿Quiénes?

—Sigue caminando. Nunca te dije que pudieras detenerte.

Víctor D´angelo apretó sus puños, pero asintió a regañadientes. Siguió avanzando mientras Demian Miller hablaba detrás de él. El problema de las personas que quieren demostrar algo, o mostrar su superioridad ante los demás, es que siempre son flojos de lengua. Algo que en ese momento, al detective lo beneficiaba.

—Tú mismo fuiste un aliado sin saberlo, Víctor. Sabía que tu otra personalidad se mostraría y trataría de vengarse de algunos de los obstáculos que antes le obligaron a desaparecer. Te observé, o a él mejor dicho, y cuando vi lo que pretendía, traté de infiltrarme en los irlandeses para convencerlos de que trabajaran contigo.

»No fue difícil, mostrar mi placa. Darles unos datos para evitar problemas cuando contrabandearan alcohol fue suficiente. Los policías que violan la Ley Seca no son ninguna sorpresa y son aceptados por los criminales con los brazos abiertos. Abres tres bolsas de basura y encuentras un policía corrupto en una de ellas, hurgando como un sucio y avaro carroñero.

»Después está Stuart.

—¿Stu te ayudó en esto? ¡¿Por qué?!

—Porque éramos amigos en la academia, casi hermanos.

Víctor lo miró sorprendido, pensando que esa no era la versión que había escuchado. Stuart le dijo todo...

«Eres un imbécil, detective», rió el demonio en su interior y, esta vez, no podía negarlo. Habían jugado con él.

—Por tu expresión, veo que los estás entendiendo ahora —aventuró Demian—. ¿No es así?

—Me dijo lo que necesitaba oír para creer que podías ser el culpable, me condujo hasta ti. Pero es como si te hubiera entregado...

—Porque así se lo había pedido, estaba harto de esta persecución, detective —admitió, desganado—. Ya era hora de ponerle fin.

—¿Qué sentido tiene todo esto, Demian? —inquirió el detective, deteniéndose en la puerta de la iglesia, sin abrirla aún—. Soy un anciano de más de cincuenta años, me culpas, lo entiendo, quieres desquitar el pesar que te mortifica, pero tenía intención de suicidarme, si quieres matarme hazlo y ya. ¿De qué sirve todo esto?

—Querido padre, la muerte no es un castigo, te lo dije la primera vez que nos vimos. El ojo por ojo no conociste en eso, quiero que sufras un tormento. Tanto como el que yo he sufrido. Sentirás desesperación antes de depositar una bala piadosa en tu cráneo, pues asesinarte será mi forma de demostrarte clemencia.

Demian lo obligó a abrir la puerta. El detective debería haberse lanzado contra el arma. Si no le importaba morir, ¿por qué no forzar el disparo? La respuesta era sencilla, él realmente no quería morir. Como muchos suicidas, lo que quería era bienestar, una razón por la cual seguir viviendo. Él no deseaba la muerte, sino ser salvado.

Abrió la puerta y vio el cuerpo de su hermana, con el mensaje en su espalda, pálido, cortado por el estudio forense y desnudo sobre el frío suelo de la iglesia.

El cura estaba sobre el altar donde predicaba su sermón, acostado, con una bala en la cabeza. La sangre caía sobre la biblia, cubriendo las palabras escritas. Salvo por una frase.

Un mandamiento inquebrantable:

No matarás.

XXIII

1 de Noviembre, 1930

Víctor entró a la iglesia y observó el cadáver profanado de su hermana y al Padre muerto con una bala en la cabeza. Luego volvió su mirada hacia Demian Miller y le dijo:

—Si piensas terminar conmigo, ¿al menos me dejarás tomar un trago? Hay un vaso de gin esperando por mí.

Ni una pizca de emoción. No lucía conmocionado por la escena vista, ni dolido por el daño que había recibido su hermana, incluso después de muerta.

Demian no podía sentir más que asco por quien era su padre. Tal vez, él también era igual de cruel. Mató y desgarró la piel de inocentes, pero no fue fácil, solo con el amor hacia su madre aún latiendo en su interior pudo hacerlo, no habría sido capaz de otra forma. No era un monstruo. Nada más que una víctima de las circunstancias, la crueldad y el desinterés de la gente que lo rodeaba. De esa forma se veía a sí mismo y creía con firmeza que su crueldad no era nada en comparación con la podredumbre que poseía el alma de Víctor D´angelo. Un hombre que no sentía aprecio alguno por la vida, ni la suya o la de otros, sino por la muerte y los misterios que esta escondía. Desde que lo vio en esa misma iglesia por primera vez, inclinado sobre el cuerpo de su hermana y siguiendo con sus dedos el mensaje escrito en su espalda, supo que no era venganza o furia lo que incitaría a perseguirlo; lo haría por el desafío que tal hallazgo traía consigo. Un hombre sin moral o empatía, ese era su padre. Lo hacía preguntarse quién era realmente el demonio. ¿Aquel que residía en su interior o aquel que lo sepultaba dentro para tomar el control? Entonces, ¿en qué se transformaba Demian? ¿Una especie de santo, un salvador? Sí, eso era.

Demian estaba convencido que sería el hombre valiente que por fin libraría al mundo del virus que el detective D´angelo representaba.

—No. No hay ningún trago —declaró Demian.

—Qué mal —ironizó y se sentó en un banco de madera—. ¿Qué quieres entonces? ¿Escucharme pedir clemencia, mi arrepentimiento? Ya te he pedido perdón, sé que no tomé las decisiones adecuadas, pero no por eso justificaré los actos que tu trastornada mente te ha llevado a cometer. Yo también crecí sin un padre, y a mi madre apenas podía verla cuando no estaba revolcándose con unos tipos por unas pocas monedas. Aun así, mira cómo salí —dijo levantando los brazos, como si estuviera exhibiéndose—. Bastante bien, ¿no?

—Saliste como un buen saco de mierda.

Víctor sonrió. ¿Qué más podía hacer? Cerró los ojos y esperó a que su propio hijo lo matara. Sin embargo, este tenía otros planes. Lo golpeó con la culata en la cabeza, lo hizo tambalearse en el banco, casi hasta caer, y en su espalda descubierta lo empujó. Le pegó una patada en las costillas y lo arrastró hasta el cuerpo de Emily D´angelo.

Ahí mismo le volvió a clavar la punta del pie en el abdomen, una y otra vez. Cuando se sintió satisfecho, Demian obligó al detective a ponerse de rodillas y colocó el cañón de su revólver detrás de la cabeza de Víctor.

—¿Sabías que ese cabrón religioso, violó a tu hermana? —dijo señalando al Padre—. Quiero decir, era su cliente. Emily se prostituía y ese tipo era uno de sus regulares. Pero antes, cuando era niña la violó incontables veces. Me lo confesó todo cuando lo amenacé con asesinarlo, pidió perdón a Dios por sus pecados. ¿Y sabes qué es lo peor? Según su credo, solo ese perdón es suficiente para entrar a las puertas del paraíso. Sin embargo, culpamos a un ser con cuernos de nuestros males y crueldad del mundo.

—¿Ahora de qué mierda hablas, Demian?

—De lo que siempre he hablado, de los hombres y su perversidad. De que somos nosotros quienes contaminamos al mundo. Nadie nos manipula, nadie nos tuerce, son nuestras propias decisiones las que causan todo mal —declaró con sequedad—. Así como tú eres el culpable de todas las muertes que causaron tu arma. Eres culpable por el daño que sufrió mi madre, porque no estuviste ahí para hacerte responsable de lo que te correspondía. No tienes un demonio en tu interior, solo un trastorno. Tal vez peor que el mío.

»Como ya no puedo provocarte daño emocional, pues será uno físico. Cuando ya no quede nada más que romper, morirás.

—Solo hazlo, Demian. No creo que sea tan doloroso como escucharte hablar.

Y el asesino obedeció, sintiéndose asqueado porque incluso en ese final aún sentía que no podía escapar de la voluntad de su padre.

Phil aparcó su auto cerca del mismo donde viajaron Víctor y Demian. Los vio bajar, hablar y entrar en la iglesia; pero no los siguió. Al menos no hasta que pasaron unos minutos. Estaba en estado de alerta, esperando por sí regresaban o cualquier extrañeza que pudiera ocurrir. Como reportero, siempre estaba preparado para lo imprevisto. Cuando sintió que ya había esperado demasiado y al comprender que todo podría concluir dentro de esa iglesia, bajó del automóvil y encendió un cigarrillo. No sabía qué pasaría en ese lugar o después de que todo terminara, tal vez no pudiera volver a fumar. Era, de alguna forma, una despedida. Caminó hacia la iglesia, mientras el cigarro se consumía en sus labios. Casi al llegar a la puerta, lo tomó, y lo lanzó con su dedo corazón y su pulgar. Describió un semicírculo en el aire, hasta caer dentro de un charco y extinguirse. Agarró la pequeña pistola que cargaba, apretada entre sus pantalones y su cadera.

Abrió la puerta, semi-cerrada. Intentó hacer el menor ruido posible, pero el chirrido natural que causaban las bisagras oxidadas fue inevitable. Para su suerte, nadie se percató de su presencia. Demian estaba tan absorto en la paliza que le estaba dando al detective D´angelo, que se había apartado de todo lo demás.

Phil sonrió y sujetó el arma con ambas manos. Colocó el dedo en el gatillo. Pensó en gritarles, que vieran quién se encargaría de hacer justicia por Arthur y por todos los inocentes que habían sufrido en esa ciudad y de los que nadie se había hecho responsable. Sin embargo, cuando estaba en la escena del crimen de su muchacho, había escuchado algo. Lo atacaron por la espalda, el primer golpe lo recibió sin siquiera percatarse de ello. Lo mismo ocurriría con su asesino y con aquel demasiado ciego para capturarlo. No pudo. Mientras Phil avanzaba para hallar una buena posición y evitar fallar, pues con su edad no tenía muy buena vista, alguien entró por la puerta trasera. Alguien que también quería un trozo del pastel de la venganza.

Después de la muerte de Carlo, Vito Mancini había repartido a varios de sus hombres por diferentes puntos de la ciudad. Algunos eran los típicos cabarets y callejones en donde siempre había algún pobre diablo que por unos billetes resbaladizos o una convincente golpiza, soplaban algo de información. Otros fueron donde sabía que el asesino que buscaba Víctor había estado: la iglesia; cerca de una de las casas de apuestas del viejo Don Francesco, donde había llenado de ratas el automóvil de Víctor; el burdel donde trabajaba Emily y algunos basados en sus estimaciones.

Desde una cabina telefónica, a poca distancia de la iglesia, uno de los hombres de la nueva familia Mancini se comunicó con la operadora para luego ser redirigido al aparato que sonó en la oficina de su Don. Vito tomó el tubo que colgaba de la máquina pegada a la pared y habló:

—Diga.

—Están aquí, en la iglesia donde mataron a la puta de Feliciano.

—Habla con respeto, mi padre amaba a esa mujer.

El hombre vaciló y Vito lo escuchó tragar saliva.

—Lo siento... En fin, Víctor está aquí, junto con su compañero. Creo... creo que él es el asesino. También veo a alguien más en un automóvil... Sí, sí, definitivamente es el jefe del periódico Suburbano.

«¿Qué estará haciendo el viejo Phil en ese lugar?», se preguntó, pero rápidamente le restó importancia.

—Muy bien, Junior. Iremos enseguida para ahí.

Vito reunió a los pocos hombres que aún estaban en la casa de la antigua familia Francesco y marcharon hacia la iglesia. Lo que Vito desconocía es que Junior, el más novato de los miembros, también trabajaba para alguien más; y después de informarle a él, de no hacerlo su tapadera sería descubierta, llamó a ese otro empleador.

Los Mancini llegaron a la iglesia. Todos quedaron fuera, salvo el Don. Quería acabar con eso él mismo. Tal vez se le había pegado algo de la arrogancia de Carlo. No le importaba, ni siquiera morir. Ya había perdido a la gente que amaba, ¿qué más le quedaba?

Entró por la puerta trasera de la iglesia, con arma en mano y gritó para captar la atención de los presentes. El compañero de Víctor golpeando al detective, este aullando de dolor, un gordo y viejo periodista acechando a sus espaldas.

—¿Es tarde para unirme a la fiesta?

Víctor escupió sangre cuando Demian por fin dejó de golpearlo. Phil le apuntaba al muchacho con un revólver por la espalda y Vito Mancini avanzaba hacia él por el frente, también empuñando un arma.

«Esto se está poniendo interesante, ¿no lo crees?», dijo el demonio, burlón.

—Cállate —gimió.

«Vamos, detective. Tienes que reconocerlo. No puedes lidiar con esto, no sin mí».

—Cállate y vete. Vete de una vez —suplicó.

«Solo quiero ayudar, mi amigo. Lo mejor para ambos. No me sirves de nada muerto —admitió—. Vamos, reconozco tu valentía. Esa manera de provocar a tu hijo... Soportar sus golpes... Si pudiera te aplaudiría, Víctor. Pero ya no puedes más. Vamos, déjame tomar el control. Así será menos doloroso».

Harto de luchar, cansado por los golpes y acosado por la culpa; Víctor D´angelo se rindió.

El demonio, su otra personalidad, asumió la conciencia del cuerpo. Se levantó limpiándose la sangre en su rostro, tratando de mantenerse de pie, y sonrió.

—No, Vito. Has llegado justo a tiempo —res-

pondió con una voz macabra—. La fiesta acaba
de empezar.

XXIV

1 de Noviembre, 1930

El demonio empujó a Demian, que estaba distraído por la llegada de los intrusos. El asesino reaccionó a tiempo y forcejearon. Cuando se apartaron, Víctor, su otra mitad, tenía un arma en la mano que le había quitado del cinturón al muchacho. Miller sacó otra de la sobaquera.

Cuatro hombres armados en la iglesia, se apuntaban sin saber muy bien de quién debían tener más cuidado.

—¿Eres tú, Víctor? ¿O esa personalidad que posees? —preguntó Phil.

—No lo sé, dímelo tú, gordinflón —ironizó, sin borrar la sonrisa.

—¡Bastardo de mierda —bramó—. Este hijo de puta mató a mi Arthur —señaló a Demian— y tú lo permitiste —le dijo a Víctor.

—¿El negro? —preguntó Demian—. ¿Era tu mascota? Disculpa, no me gusta meterme con la propiedad ajena.

—¡Hijo de puta! ¡¿Quién te crees que eres?!

—Soy su hijo —apuntó a Víctor con un movimiento de cabeza, tenía las manos ocupadas—. ¿Eso te dice algo?

—De tal palo, tal astilla —dijo el demonio orgulloso—. El parecido es innegable. Conmigo, por supuesto. Recuerdo haber follado a tu madre y oírla gritar. Así que, Phil, no te equivocabas... Sí es un hijo de puta.

Los músculos de Demian se tensaron, la furia en sus ojos era penetrante, exhalaba como toro a punto de embestir. Martilló el arma.

—No lo harás —le advirtió Vito—. Víctor es mío. Lo matas y te mató.

—Agradezco tu preocupación, Mancini, pero Víctor no está en casa ahora —repuso, sonriente—. Por cierto, ¿cómo está tu padre? No lo he visto hace tiempo. Debe ser difícil caminar con una bala en la cabeza.

—¡Maldito enfermo!

Los tres apuntaban al demonio, mientras él paseaba el arma de uno a otro, hasta que finalmente se puso la pistola debajo del mentón.

—Parece que todos quieren un pedazo de mí. Qué va, hasta yo mismo quiero un trozo de este vejestorio.

—Es claro quién será el primero en morir de nosotros —afirmó Phil. El sonido de los disparos se escucharon dentro de la iglesia.

Los cuatro hombres miraron sus armas. Ninguna había sido disparada. Observaron sus cuerpos. Ninguno estaba herido.

—¡¿Qué mierda está pasando?! —exclamó Demian, furioso al darse cuenta que el gran final que había planeado se había ido por la borda.

Mucha gente se había involucrado, la ciudad se había visto alterada por los acontecimientos. El demonio soltó una atronadora carcajada.

—¡¿De qué mierda te ríes tú? —bramó Vito.

Más disparos volvieron a escucharse, parecía que un buen número de armas se había unido a tan conmovedora reunión. Por fin pudieron reconocer de dónde provenían, desde fuera de la iglesia. Parecía el sonido de pistolas, ametralladoras y rifles. Se estaba librando una especie de guerra, mientras dentro del templo de Dios se vivía otra. La única salvación que se encontraría ahí sería la que proporcionara la muerte. Con su piedad, con su igualdad ante quien segaba.

—¿No lo entiendes, Mancini? —preguntó, sonriente—. Han llegado los refuerzos.

La puerta de la iglesia se abrió. Marvin entró y, sin apuntar a un objetivo, apretó el gatillo de su Colt M1911. Los cuatro hombres se apartaron al oír el sonido de la puerta y también dispararon las suyas.

Cinco balas fueron lanzadas. Cuatro objetivos alcanzados. Dos muertes se produjeron. El demonio fue herido en el hombro, pero no fue más que un pequeño roce. Por suerte, su amigo no tenía tan buena puntería, pero la herida fue suficiente para que Víctor lograra retomar el control de su propia mente y hacer a un lado a su maniática personalidad. Phil cayó con una herida en el estómago, no murió en el acto, lo hizo poco después. No había arrepentimientos, creía haber hecho todo lo posible para enfrentar la injusticia que pudría a la ciudad. Vito fue alcanzado en la pierna y al ver que ya no habría lugar para su venganza, y que probablemente la mayoría de los hombres que lo esperaban afuera pudieron haber muerto o sido arrestados; huyó del lugar, con una mano en el agujero de bala y corriendo lo más rápido que su recién adquirida renguera le permitió.

Demian murió en el acto, con una bala entre los ojos. El padre había matado al hijo.

Junior, uno de los miembros de la familia Mancini, era un agente doble trabajando para la fuerza policial de la ciudad. Cuando llamó a Vito, también telefoneó a Marvin y, a pesar de que él había prometido mantenerse al margen, reunió un equipo en poco tiempo y organizaron una operación de rescate. No podía mantenerse al margen. La información proporcionada por Junior fue clave: Víctor entrando a la iglesia a punta de pistola por Demian Miller. No fue difícil suponer que él era el asesino.

«Parece que los detectives de este precinto tienen la costumbre de estar en ambos extremos de la ley», pensó Marvin en ese momento.

En la iglesia, al ver el cuerpo de Demian caer tendido sobre las baldosas; no pudo más que sentir miedo y culpa. Dejó caer su pistola, pues su mano temblorosa ya no podía sostenerla, y corrió hacia el cuerpo del muchacho. No le importó el periodista muerto, ni su amigo herido, ni el consigliere de los Francesco escapando de la escena. Él aún no sabía que Carlo había sido asesinado en un enfrentamiento contra los irlandeses. Tal vez nunca lo sabría, los propios involucrados se encargaron de mantenerlo oculto.

Entonces, Marvin se abalanzó sobre el cadáver y lo sacudió, como si intentara reanimarlo. Lloró y no paraba de llorar mientras balbuceaba palabras incomprensibles y trataba, inútilmente, de devolver al muchacho a la vida. Hasta que logró gritar eso que tenía atorado en su garganta y la razón de su espontánea locura:

—¡¿Dónde está mi familia?! ¡¿Qué has hecho con mi familia?! Por favor... por favor devuélvela.

Víctor D´angelo buscó un cigarrillo entre sus ropas, no encontró ninguno. Uno de los oficiales le acercó uno, junto a una caja de fósforos. Encendió el cilindro, dio una pitada y caminó hacia el cuerpo profanado de Emily, apretando su herida. Escuchaba el llanto de Marvin a su espalda. En camillas se llevaban los cadáveres, había muchos, fuera y dentro de la iglesia, todos menos el de Demian, su amigo no se apartaba de él. Esperarían a que se calmara o, si no quedaba otra alternativa, lo harían por la fuerza.

—Al menos, hermana… prometo darte un entierro digno —aseguró Víctor, en un murmullo.

Dio otra pitada y entre el humo despedido, observó el Jesús que colgaba de la cruz, con sus ojos de cera observándolo todo. El detective sonrió.

—Tal vez lleve un demonio en mi interior, o yo mismo sea uno; pero los demonios actúan y los santos solo observan.

Epílogo

7 de Noviembre, 1930

Vito Mancini había escapado. Nadie sabía de su paradero, pero se creía que había abandonado la ciudad. La noticia sobre la muerte de Phil fue manipulada, no les pareció prudente anunciar a los medios de cómo el jefe de un respetado periódico había llegado a una iglesia con arma en mano, amenazante y luego muriendo en un enfrentamiento contra criminales. Por ello, la historia fue vendida como un simple y llano infarto. Las acciones de Demian también fueron negadas a la prensa, nada de lo que hizo salió a la luz. Se celebró la exitosa captura del asesino mensajero, como fue llamado por la prensa, pero usaron un chivo expiatorio para la fotografía que publicarían en los periódicos. Ocultando su rostro, sin dar nombres y argumentando los motivos de siempre: un descarrilado de la sociedad, afectado por la crisis que se estaba viviendo.

Lo más transcendente fue que habían hallado a la familia de Marvin, después de que el retirado detective les contara acerca de la vinculación de Demian con el forense Stuart Gregor, corrieron para interrogarlo. Había abandonado su puesto de trabajo, lo encontraron armando una maleta en su descuidado departamento, como si hubiera previsto los acontecimientos. No hubo piedad, no habría buchones dentro de ese cuarto, la brutalidad no fue menor. Lo ataron a una silla, con la poca ropa que tenía puesta, y lo golpearon hasta sacarle información. Incluso después de confesarse entre saliva, sangre y llanto; lo siguieron haciendo. Los había llevado a un galpón que habían alquilado entre él y Demian, en las afueras de la ciudad.

La familia de Marvin estaba sana y salva, al fin. Él, sin embargo, fue sentenciado a unos cuantos años de prisión. No importaba el motivo por lo que hizo, traicionó a sus compañeros y eso, para los oficiales de la ciudad, era aún peor que evadir la Prohibición.

Víctor, por otro lado, había pasado los últimos siete días en el bar de Mauricio, esforzándose por apagar la otra mente que residía en él y enmudecer sus burlas e intentos de sabotaje, por supuesto, sin éxito alguno. No había bebido ninguna gota de alcohol.

Mauricio dejó caer un periódico frente a sus ojos. El detective mantenía la mirada gacha, mientras pasaba el dedo por el borde de su vaso con agua.

—¿Qué es esto?

—Las noticias. ¿No sabes leer o la vejez ya no te lo permite? —dijo el cantinero, burlón.

—Imbécil, te pregunto por qué me das esto.

—Por el gran titular: "Nuevo candidato a la presidencia, trae resoluciones para la crisis". Interesante, ¿no te parece?

Víctor dejó escapar el aire fastidiado.

—Patrañas, como siempre. Mentiras políticas para comprar a los estúpidos votantes.

—Tal vez yo sea un optimista, Víctor, o tú muy amargado, pero en estos momentos prefiero aferrarme a las patrañas. Hablan de un New Deal. Algo nuevo y diferente a lo que se viene manejando. Incluso proponen la anulación de la Ley Seca. ¡No más prohibición! Eso hay que celebrarlo.

Víctor solo gruñó a modo de respuesta.

Mauricio apartó el periódico y se inclinó, apoyando los brazos sobre la barra para quedar a la altura del detective.

—Mira, Víctor —dijo disminuyendo el volumen de su voz—. No sé qué mierda te pasa y, la verdad, tampoco me importa. Pero has venido a mi bar con esa nube de amargura durante una semana entera y lo que es peor, no has bebido más que agua. ¡Me faltas el respeto! —exclamó de repente—. Así que —se dio la vuelta y tomó una bebida de encima de los estantes a su espalda y luego, con la botella y un vaso en las manos, se acercó de nuevo a la barra—, vas a tomar esto y no dejarás ninguna gota. En mi honor y en los días venideros, que parecen por fin empezar a brillar.

El detective miró de reojo la bebida servida y casi se cae de la sorpresa. Gin... el último trago que sellaría su destino. Entonces se decidió.

Levantó la cabeza para observar a Mauricio a los ojos y sonriendo le dijo:

—Lo siento, amigo, pero aún es muy temprano para beber ese último vaso de gin.

Se puso de pie y se marchó del bar, cubriendo su cuerpo con la gabardina. En la calle se acomodó el sombrero y encendió un cigarrillo. Dio una primera calada y comenzó a caminar hacia su viejo lugar de trabajo.

Todavía tenía un demonio interno con el cual lidiar, no abandonaría la lucha tan fácil. No se rendiría. Con cincuenta y tres años era muy joven para aceptar el retiro.

AGRADECIMIENTOS

Muchas gracias a todos por leer esta historia. Es mi primera novela negra y no estaba muy seguro si sería un resultado final satisfactorio, pero la verdad es un trabajo que he disfrutado mucho de hacer. Espero que ustedes hayan disfrutado leerla y puedan contactarse conmigo a través de mis redes sociales para hacerme saber qué les pareció.

Estoy agradecido con las personas que me han apoyado a lo largo de este trayecto, pues sin ellos no hubiera logrado nada. Me prestan una gran amistad y por eso los quiero y valoro mucho.

P.D.: Pueden encontrarme en instagram como @hediwild, donde subo material exclusivo, incluso en las historias, en mi página de autor www.hediwild.com, en ella también hay un blog que podría interesarles y también en Youtube o Spotify como Hediwild. En cada una de las plataformas subo material diferente, próximamente tendré otro canal que se llamará: Donde mueren los Dioses (DMD)

Saludos y muchas gracias por leer.

Facundo.